ヤタガラス

目次

壱

戦場を飛ぶ八《や》咫《た》烏《がらす》

すらりと背の高い男が二人、大きな川から程近い小さな森に潜んでいた。

一人の男は、暗褐色《あんかっしょく》の頭巾《ずきん》からはみ出してくる赤毛を丁寧に頭巾の中に入れ直すと、音もなく布の袋から一挺《ちょう》の鉄炮を取り出した。

そして、膝をついて、目を細める黒髪の男に後ろからすっと手渡す。男は赤毛の男とは違って、頭巾をしていない。白い顔を黒い布で覆っており、不思議な深みを帯びた黒い瞳が前髪と黒い布の間からのぞいていた。

男たちが潜む森の前を流れる木曾川《きそがわ》には、山々から集まった水が満ちていた。馬に乗っていたとしても、渡ることは到底できそうもない。

対岸の土手までの距離は百間《けん》（約二百メートル）ほどだろうか。

「孫十三《まごじゅうぞう》様、目標まで少し距離があるかと……」

赤毛の男の微笑《ほほえ》みはとても穏やかだ。きっと誰もが心を許してしまうに違いない。

だが、『孫十三』と呼ばれた黒髪の男は、その笑顔に何も答えず、ただ静かに目を閉じて耳をすませるだけだった。

そして、男独自の感覚で感じた周囲の状況を呟《つぶや》いた。

「四朗《しろう》、風が湿っている」

「さようでございますか？　私には分かりませんが……」

四朗は、やさしい笑顔で孫十三を見つめた。

「海からの南風が空気を湿らせるのだ」

二人の会話はまったく噛み合っていないが、四朗はそんな孫十三の背中を笑みを浮かべながら見つめる。

「織田の軍勢が到着したようですね」

四朗は川の向こうを見やった。

「さっさと終わらせて昼飯にするぞ」

敵はまだ対岸に現れていない。

孫十三は、火縄に火を付け鉄炮を構える。

だが、これはとても異常な行動なのだ。

こちらの土手から、あちらの土手までは距離百間。

そしてこの大きな川に橋などはない。

南蛮《なんばん》から伝わってから、二十年も経《た》たない鉄炮は、まだまだ発展途上の兵器だ。人を撃《う》つなら二十五間（約五十メートル）まで近づかないと当たらない代物《しろもの》だった。

火薬さえ積めればもっと遠くまで飛ばすことはできるが、二十五間を超えては的に当たる確率がどんどん低くなってしまうのだ。

百間先で放たれた鉄炮など、法螺貝《ほらがい》と同じようにただ大きな音が出る楽器と同じだ。それでは武器としてはまったく使いものにならない。

敵が川を渡り、こちらの岸に辿《たど》りついた時点で火縄を鉄炮に挟み、構えるのが普通だ。

ところが対岸にむくりと起きる豆粒のような黒い影に対して、孫十三は銃口を向けていた。

その時、薄《うっす》らと潮の香りを含んだ南風が、ふっと木曾川の水面を舐《な》めた。

◇

織田の軍勢は、美濃《みの》の斎藤勢を迎え撃つべく街道を北上していた。

二列でゆっくりと行軍する約二百名の織田勢の先頭には、騎乗した二人の武人の姿があった。

一人は織田軍の先陣を率いる速攻が得意な丹羽秀高《にわひでたか》。

秀高は黄色の組み糸を編み込んだ黒の具足《ぐそく》、黒の兜《かぶと》をかぶっている。

目の横には刀傷があり、いかにも武人らしい風貌だ。

口髭《くちひげ》も勇ましく長いもみ上げは顎鬚《あごひげ》と繋がっている。

少し反《そ》りのある大小二本の刀を左腰に差し、鞍《くら》の上でピンと背筋を伸ばしながら美濃の方角を鋭い眼光で睨んでいた。

秀高は十五で初陣《ういじん》して以来、戦場を二十年駆け抜けてきた優秀な武将だ。

領主・信長からの陣触《じんぶ》れされれば一番か二番には必ず城へ参上する。

秀高は振り返り、少し後ろを馬でついて来ていた男をグイッと見つめた。

「新介《しんすけ》！　美濃の奴らとは川で会うことになるだろうな……」

もう一人は毛利《もうり》新介という。織田家の馬廻《うままわ》りを預かっている身で、秀高と共に美濃を迎え撃つために街道を駆けていた。

「美濃に潜入している草《くさ》から『すでに城は発《た》った』と連絡が入っております。であれば、いつも通り川で相対することになろうかと！」

まだ大きな武勲がなく役職が低いため、歳《とし》があまり変わらないのに秀高に対する新介の言葉は少し硬い。

新介の顔立ちは端整で、傷もないため少し頼りない感じがする。

尾張《おわり》の元守護・斯波《しば》氏の流れを汲む良家に生まれた新介の具足は、父親の形見の逸品であり、太陽を受けてその表面はテカテカと光を放っている。

再び前を向き、先に見えつつあった土手を見て秀高はにやりと笑った。

「木曾川だな」

尾張と美濃の間を流れる幅広い木曾川は暴れ川で、過去に何度も両国に大きな洪水被害をもたらしてきた。

しかし同時に、うまく治水が行われた地域には新たな田んぼが生みだされるという大きな恵みももたらしてきた川でもあった。

豊かな水量を誇るこの川を渡るには船が必要となるが、戦《いくさ》で川を渡って攻撃を仕掛けると上陸人数は船に乗れるだけの数となり、どうしても向こう岸へ多くの兵力を一気に送れない。

だから、川を挟んでの戦いの場合は待ち受ける側が有利になる。

尾張と美濃のように双方が同時期に軍勢を出すような場合には、川の両岸で相対することとなる。

川を渡って攻撃すれば大損害を被ってしまうため、双方とも手を出せなくなってしまうことが多かった。

（……今度も睨み合いだけで撤退だろうな）

ぼんやりと馬に揺られていた秀高は、横にいた新介に最近聞いたばかりの噂話をすることにした。

「そういえば新介……」

「はい。なんでございましょう？」

戦を前に緊張しているのか、新介は真面目な顔つきをしている。

「何やら山城国《やましろのくに》の山中に生き仏《いきぼとけ》が現れたという話を聞いたことがあるか？」

「あぁ、それでございますか……」

新介はふぅと小さなため息をつき、バカバカしいと言わんばかりの口調で言う。

「『かたるな様』とか何とか呼ばれている、バテレン女のことでしょう」

秀高はビシッと指を新介に向けた。

「そうそれだ。物凄い人気だそうだな」

「遠方からわざわざ高座《こうざ》を聞きに行く者もいるそうです」

秀高はうむっと頷き、手綱《たづな》を引く。

「近江《おうみ》、美濃から京の者まで集まるらしい。『ミサ』と呼ばれるその高座は、小屋に入れないほどの人出と聞くが……」

「現世の苦しみが、バテレンに祈ってどうにかなるとも思えませせぬが……」

新介は別に仏を信じていない訳ではない。

しかし、白い肌で青い目をした南蛮人の下手な日本語で、神だの天国などと言われるのが肌に合わなかった。

「その『かたるな』と申す者が人を引きつけるのは、神の教えと共に新しい世の仕組みを教えてくれるから、ということらしいな！」

「……新しい世の仕組みでございますか？」

「なんと、人は神の前では誰でも平等なのだそうだ」

「なっ、なんですと⁉」

人は生まれた時に身分が決まっている。武士の子は武士。農民に生まれれば農民。商人とて親の仕事を継ぐのが当たり前だ。戦国の世になり、身分だけではなく力のあるものがのし上がるようにはなったが、それでも平等、とは程遠い。分かりやすい「弱肉強食」の世になっただけで、力の弱いものはいつまでたっても浮かばれないというのが、今の世の中だった。

新介には何を言っているかさっぱり分からない。

「あっはははは。そのかたるなという者、あほぅでございましょうか？」

「うむ、わしにも狂っているとしか思えぬ」

笑い過ぎて出てしまった涙を、新介は籠手で拭った。

「では貧乏な小者《こもの》が政《まつりごと》を行ったりできるようになるとでも？　何度生まれ変わっても無理でしょう。弱きものは死ぬまで弱い。いや、死んでも弱い。何を生温《なまぬる》いことを……」

「乱世の辛さからか……、そのような戯言《たわごと》を信じたくなるのだろう」

秀高もがっははと豪快に笑った。

新介にはバテレンの神を信じ集まる民の気持ちは分からないが、領主方の気持ちは理解できる。

「そんな者が領内にいては、さぞや治めるのは大変でしょうな」

秀高は新介に微笑んだ。

「かたるなのいる山奥の村には多くの信者が住みつき、まるでそこだけ『国』のようになっているらしい」

「しかし、いくら信者がいるといっても、所詮は農民が集まっただけの烏合《うごう》の衆。そんな村の一つや二つ、本気になれば一蹴できるのでは？」

「そこだがな。教徒どもは多くの『種子島《たねがしま》』で武装しており、かたるなとやらをお守りしておるのじゃそうだ」

新介は目を見開いた。

「たっ、種子島ですとっ‼」

一食が銭《ぜに》十文《もん》、足軽《あしがる》のひと月の駄賃が銭千文（一貫文《かんもん》）と言われるご時世に、種子島とも呼ばれる鉄炮（火縄銃）は一挺銭二十貫文以上もする高価な武器。銭二十貫文もあれば足軽一人が約一年半、もしくは二十人の足軽がひと月雇える。

そんなものを農民がどうやって買うのか。そんな高価な武器を一挺だけではなく、たくさん装備していることは考え難かった。

鉄炮を大量に揃えるなど、大名でもなかなかできない事だった。

驚く新介を見て嬉しくなった秀高は、さらに話を続けた。

「すぐ近くには近江があり、そこには国友村《くにとも》がある。国友は鍛冶《かじ》が多いゆえ、種子島を大量に作っていて、信者どもはそこから買い付けているらしい」

新介が聞きたいのはそこではない。

「確かに種子島は国友にありましょう！　信長様も国友には多く発注なされております。ですが、銭がなくては買えません。その銭を連中はどうやって集めているのでしょう？　それに種子島を使いこなすには、訓練された腕も必要なはずでは？」

顎に手をあてた秀高は「ふむっ」と唸《うな》った。

「だが、実際のところ奴らは大量の種子島を持っており、腕もかなりのものと聞いたぞ。そのおかげで簡単にはその村には手が出せない」

「生き仏に大量の種子島……」

腕を組み考えてみるが、生まれは良くとも学のない新介には、皆目分からない。

「おぉ、木曾川だ！」

秀高の見た先には木曾川を囲う堤《つつみ》に向かって上る道が見えた。

二人は馬に乗ったまま堤へと進み、左右に広がる川原を見渡した。

午前中に降った雨の影響で川は増水しており、馬に乗ったとしても渡河《とか》できないであろうことは、誰の目にも明らかだった。

（これでは渡れない。美濃勢もなぜにこのような時期にやってきたのか？）

新介も、秀高と同じようにそう感じた。

田植えの行われるこの季節の尾張は、突然雨が降りだすことが多い。

ここまで街道を歩いてきた者は渡し船に乗って数名ずつ木曾川を越える。なぜ橋を掛けぬのかと思うかもしれないが、橋があれば隣国からの侵略を容易にしてしまう。そこで、双方ともここに橋は掛けないのだ。

戦国の世では、国境《くにざかい》に川が流れていることが多い。

これは偶然ではなく、そこが防衛線として有効だからこそ川が国境となるのだ。

新介と秀高は兵がやってくるはずの対岸に目をやる。すると、堤に到着した美濃の鎧武《よろいむ》者《しゃ》が数頭の馬に跨《また》がって左右に散っていくのが見えた。

もちろん、彼らに川を渡る気はなく、堤沿いにゆっくりと馬を進めるだけ。

新介が額に手をかざしその兵たちを眺めていると、敵もこちらを見つけたらしく、見張りが後ろに続く騎馬武者へ向かって報告に走っていくのが見えた。

（やるべきことはやっておかないとな……）

信長がやって来るまでに、睨み合いとはいえ、秀高は陣を用意しなくてはならない。

「横陣を敷け～」

秀高は手に持った軍配を右に左に大きく振る。

手の動きを見た足軽たちはカチャカチャと鎧を鳴らしながら、堤の上に整列するようにして、秀高を中心に左右に展開していく。

その手には、おのおの長さ三間半（約六・三メートル）もの長い朱槍がある。

織田軍主力兵器で、他国では見たことがない長さの槍だった。

これは銭で雇われた兵が、心意気の面で今一歩弱くなるために、信長が考えた工夫だ。朱に染めれば強く見えるし、長い槍を持たせることで兵たちの意気も上がると考えたのだという。

朱槍を持った足軽が堤に一列に並び終えるのを確認した秀高は向こう岸を見る。

睨み合いと思っていた対岸では、何やら戦の準備を始めていた。全員、槍をしごき、刀を鞘《さや》から抜き、兜《かぶと》の緒《お》を締める。

まるで川を渡ってすぐにこちらへ突撃でもかけようかという雰囲気だ。

「美濃の田舎侍《いなかざむらい》め。こちらへ船で渡る気か？」

秀高は口元の立派な髭を撫でた。

見ると、美濃の兵は六人ほどで持ち運べるような小船を五艘《そう》ほど左右から担《かつ》ぎ、堤を駆け下って広い川原へと降ろしてきた。

新介は驚いて目を擦った。

「……まさか……」

戸惑うのも無理はない。一つの船に六人で乗ったとしても五艘で三十人しか一度にこちらへは渡ることはできない。そんな数の兵などこちらの堤に並ぶ二百人で一斉に飛びかかれば、あっという間に川へ叩き落とすことができる。

「何を考えているのか？」

しかし、美濃の兵はまったく動じない。

五艘の船を川へ入れ、足軽たちが六人ずつ即座に乗り込むと、エイッと速い流れに向かって漕ぎだした。

速い川の流れに船は川下へと少しずつ流されていく。

広いとは言ってもたかが百間程度、船はあっという間にこちらへと渡ってきた。

「……愚か者が……」

それを見てほくそ笑んだ秀高は大号令を発した。

「皆のもの、槍を構え――」

「やぁぁぁぁぁ!!」

秀高の命に二百人の足軽が揃って返事をした。

そして、天を突くような朱槍の壁が、ゆらりと前へ一斉に傾く。横へずらりと並んだ銀の穂先は美濃の兵の血を欲して鈍《にぶ》く光った。
「どこの誰かは知らんが戦の素人《しろうと》め」
突撃を指示しようとした秀高が、軍配を持った手を空高く挙げた瞬間だった。

ダ――ン。

一発の銃声が聞こえ、
ピィイイイイイイ。
と、鳥の鳴き声のような高い音が戦場に響く。
新介には音と同時に、まっすぐ何かが渦《うず》を巻きながら横を駆け抜けたような気がした。
嫌な予感がする。
そして、その渦に引かれるようにしてさっと横を向いた。
なっ、なんだ⁉ あれは……。
秀高の眉間に禍々《まがまが》しい物が吸いこまれるのを新介は見た。
それは神速で飛ぶ一羽の鴉《からす》のように見える。
「ヤタ……」
ワナワナと唇を震わせながら秀高は、これ以上声を発することができなかった。

腕を高く振り挙げたまま秀高は、目に見えぬ存在に永久にその動きを止められた。

次の瞬間、手綱を持つ手から力が抜け、秀高はその格好のまま馬上からドサリと地面へ落下する。眉間には人差し指程度の穴が開いており、そこから白い煙が薄らと上がる。

秀高は鉄炮（種子島）によって頭蓋《ずがい》を撃ち抜かれ、死んでいたのだ。


「どっ、どこから撃ったと言うのだ⁉」

新介が動揺して叫ぶと周囲に居た者たちがあちらこちらと見渡すが、どこから撃たれたのかが分からない。秀高の馬はやっと主人が消えたことに気がついて大きく嘶《いなな》き、恐怖を感じて後ろへ逃げ出した。

堤に並ぶ兵も一気に浮足立つ。

「近くに種子島などある訳がない！」「川のこちら側には尾張の兵しかいない」という戸惑いの声が飛び交う。

新介は驚き、鞍の上で身を引いて構えた。

鉄炮によって人が死んだことに驚いたのではない。

（まっ、まさか……敵は対岸から撃ったのか⁉）

「そんな馬鹿な」という思いを持ちながら新介は向こう岸を見た。鉄炮の射程距離はだいたい二十五間（約五十メートル）。

だが、美濃の兵までは軽く百間はあるはずだ。

そんなところから狙い撃ったものとは到底考えられない。

「これは人の技ではない」と体を震わす者、「中に裏切り者がおる」と喚《わめ》く者……。

「たっ、たったの一発だぞ……」

新介でさえ原因が分からぬのでうろたえているのだ。銭で雇われているだけの足軽たちは動揺どころではなく、時間が経つにつれ恐怖心に囚われてしまう。

そして、誰も説明できない状態が長く続くと士気は維持できなくなっていく。


どこからともなく誰かが叫んだ。

「これは、八咫烏《やたがらす》様じゃないのか?」

「なっ、何」

「この戦場に八咫烏様が来られたのだ」

足軽たちは、その言葉に一斉に納得する。

新介は、尾張にも聞き及んでいる噂話を思い出した。

京から美濃にかけて凄腕の鉄炮上手がいるという話だった。その者なら百間でも人を撃ち抜く事ができると聞く。

その名を『八咫烏』。

熊野の神・八咫烏の加護を受け、もの凄い鉄炮上手にも関わらずどこの大名にも仕官せず銭次第で仕事を受け、依頼を完璧にこなすという。

ただし、その仕事料は法外で、目が飛び出るほどとか……。

容姿、名前など、彼のことは誰も何も知らない。八咫烏を見た者はすべて死んでしまっているからだ。

だがこんな話は、神がいるだの、地獄に行って来ただのという眉唾《まゆつば》話と同じで、真実などはないと新介は思っていた。少しでも鉄炮を嗜《たしな》んだ者なら分かるが、いくら神の加護があろうとも、百間もの距離で鉄炮が当たる訳がない。目標が人程度の大きさだったとしても、十発撃っても一発も当たらないだろう。

今、この瞬間まで新介はそう思っていた。

「……本当にいるのか。……八咫烏⁉」

敵将を倒したことに勢いづいた斎藤勢は一気に川を押し渡り、こちらの岸へ上陸してきた。

そして、船から勢いよく飛び出した足軽たちは土手を駆け上がる。

だが兵数は織田方が三倍以上もいるのだから、いつもなら絶対に負けないはずの戦だった。

しかし、秀高の後を引き継いで指揮する者はいない。

兵は完全に浮足立った。

とどめは一人の兵の叫び声だった。

「つっ、堤に立っていると八咫烏に撃たれる！」

そのひと言で織田勢は崩壊した。

恐怖と疑心暗鬼が集団を包み、先陣二百名は堤の上から身を隠すつもりで一歩後ろへ下がった。

戦場で一人でも下がると、誰も彼も下がりたくなってしまうもの……。

一人が二歩下がれば、後はなし崩し的に後退が始まる。そして、次の瞬間には後退が敗走へと変わり、みな我先にと街道へ向けて走り出した。

斎藤勢は、勢いに任せて叫びながら織田勢を追い立てる。

恐怖にかられた織田の足軽たちは情けない声を上げながら、身を軽くするために手に持っていた槍をその場へ投げ捨てて一目散に走った。

足軽は、みな武将に雇われている。

ゆえに雇い主がいなくなった戦場で働いたところで、何の意味もない。

雇い主が見ていなければ報酬が上がることも、出世も望めないのだから……。

斎藤勢は後詰の兵を乗せるべく対岸に船を戻して行く。

最初に上陸したのは三十名程だが、迎え撃つ織田方は、統制のとれない単なる烏合の衆。

長い朱槍も集団でまとまって使用すれば、敵の入る隙間のない槍襖《やりぶすま》を形成できる強い武器となるが、個人戦では高い技量を必要とする。敵に三間半の間合いへ飛びこまれてしまったら有効な武器とは言えない。

「踏みとどまれ！」

潰走《かいそう》状態ではあったが、新介のように踏ん張って戦う兵もいた。

しかし、半分以上は逃げ出してしまった。

横一線の防衛線が崩れた所へ斎藤勢は集中して突撃し、あっさりと崩壊させてしまった。

こうなるとそれぞれで連絡がとれなくなってしまい、現在の状況が分からなくなってしまう。

状況が分からなくなると、ほとんどの人間は逃げ出す。

あっという間に尾張へ向かう街道へ通じる道は大混乱となった。

それは半刻後にやってくる信長本隊到着時まで続き、結局、信長が敵も味方も構わない鉄炮の一斉攻撃を浴びせかけ、美濃勢を木曾川へ叩き落としたのだった。

やがて、戦は終わり、今回も双方に何の利益ももたらさず、ただ無意味な死傷者を多く作りだしただけで、尾張も美濃もそれぞれの国へ兵を返した。

本来であれば両軍は睨み合いだけで終わるはずだった。

しかし、秀高を狙い撃たれたことで尾張勢は動揺し、混戦へと持ち込まれて、美濃勢の侵入を許してしまうところだった。

乱戦の中、新介もあちらこちらに傷を負ったものの、何とか生き残っていた。

そして、戦いから一つの教訓を得た。

「将を討たれた軍勢がこれ程に脆《もろ》いとはな……」

人の脂《あぶら》と血にまみれた刀を握りしめながら、陽《ひ》の傾く空を見上げる。

将の過失は戦の流れを大きく変えてしまうのだと、この時強く感じていた。

◇

その日の夕刻、先の戦場からほど近い街道を、一頭の騎馬に二人の徒歩《かち》の者が続いていた。男たちは三人とも黒っぽい鎧を着ているが、戦の後らしくかなり傷ついていた。

ただ、鎧を着ていると言っても彼らは最初から胴《どう》と下散《げさん》、脛当《すねあて》を付けているだけで、刀は抜身《ぬきみ》で腰にぶら下げているという、まるで野伏《のぶせり》のような風体《ふうてい》なのだ。

しかし、彼らは野伏ではなく騎乗の者は足軽であり、徒歩の者は小者であった。彼らは堤で撃たれた丹羽秀高に仕えていた。

だが、戦開始早々、なぜか雇い主である秀高は突然落馬して死んでしまった。

少なくとも彼らにはそうとしか見えなかったのだ。

そこから三人は「雇い主が死んでしまったら戦う意味はない。命あっての物種《ものだね》」と、大混乱の中から力を合わせて逃げてきた訳だ。

ちなみに、足軽が乗る馬も混乱時に失敬してきたものだ。先程までは織田を示す赤や黒色の布が巻きついていたが、馬の出所を分からなくするために、すべて引き剥がして川へと捨ててきたばかり。

将を失ったということは、今日から三人は牢人となる。

そして、馬に乗る足軽は自信満々の顔つきで叫んだ。

「俺はもう誰の下にもつかねぇ」

すると、顔が白くひょろりと背の高い男が、馬の右側を歩きながら驚いて聞き返す。

「左門《さもん》の兄貴。どこへも仕官しないんですかい？」

「あぁ五平《ごへい》。もう俺はこき使われるのはまっぴらご免だ」

五平と呼ばれた男の目は細く、開いているのかよく分からない細い目で、頭の後ろに茶筅髷《ちゃせんまげ》を結っている。その胸板《むないた》には先の混戦でついた横一線の弾傷《たまきず》があった。

それに触れながら五平は、馬上の左門を見上げる。

「あれだけこき使われて、信長の奴は最後には敵も味方もまとめて撃つんすからねぇ」

彼らの戦っていた場所は運が悪かった。後からやってきた信長本隊の一斉射撃を受けてしまった。三人はとっさに物陰に隠れて何とかしのいだ時に、五平の胸元を一発かすめたのだった。

左門はぐっと鼻を上げる。

「結局、人に雇われてちゃ死ぬまでこき使われて終わりよ。今は下剋上《げこくじょう》の時代なんだからよ。俺だって、腕さえありゃ殿様になれるってはずだ。なっ、弥一《やいち》！」

今度は馬の左を歩く男に言った。

弥一はまん丸でつぶらな瞳とだんごっ鼻が特徴で、その少し太った体のこともあって愛嬌がある奴だった。そして、腰には米を入れた袋だの、ちぎって鍋に入れると味噌汁になる芋がら縄など食い物をいつも鈴なりに下げている。

「左門の兄貴の～おっしゃる通りでぇ」

弥一自身はまったく気にしていないが、五平は弥平の鈍いしゃべり方にいらいらすることがあった。

弥一は頭の回転もゆっくりしており、今回も左門の言っていることは皆目分からないが、単に勢いだけで返事をしただけだった。

左門は、馬首を街道へと向けた。

落ちぶれたとは言え、左門は武士の家の次男として生まれた男だ。

ゆえに小さい頃からしっかりと飯が食えたので腕っぷしは強く、身長は六尺（約一八〇センチメートル）に迫る高さがあり、前に立てばまさに大きな壁のよう。こんな大きな男はそうざらにはいない。その体格を生かして乱世での出世を願い、秀高に仕官して足軽となったが、実際にはそう簡単には出世する機会など巡っては来なかった。

左門は自分がなぜ出世をすることができないのか分からず、織田軍でどんなに働いても認められないことに腹を立て、「もう誰の下にもつかねえ」と考えるに至ったのだった。

左門に付き従う五平と弥一は貧乏農家の生まれだが、二人ともいい歳の頃には、村ではすっかり迷惑な溢《あぶ》れ者《もの》になっていた。

そんな二人が後継ぎでもないのに地味な農作業などする訳もなく、毎日ダラダラと過ごし、たまに村を出歩けば村人に迷惑をかけていた。

やがてそんな暮らしも嫌になり、ある日二人は話し合い、行くあてもないが「面白くねぇ……」と村を出てしまった。もう村へ帰る気はさらさらない。

やりたいことは何なのかはよくわからないが、やりたくないことだけははっきりしていた。

しかし、悲しいかな人間は腹が減る。そして、飯を食うには銭がいる。

もちろん、生きていくには衣と住も必要だ。

仕事を探した二人は、合戦などに際して働く『小者』を丹羽秀高が集めていることを知り、そこで雇ってもらうことで、当面の腹を満たしたのだった。

五平と弥一はそこで『足軽』として働いていた左門と知り合った。

足軽と小者の間には、命がけか否かと言う線が引かれている。

足軽の左門は秀高の家来だから、戦になるとしっかり戦わなくてはいけないが、働きによっては出世が見込め、働きが良ければ領主にだってなれるかもしれない。

五平と弥一のやっていた小者は、荷物を運んだり土木作業をするのが主な仕事で、いつもは陣の後方にいて戦には参加しなくていいが出世は見込めない。

小者は何もしなければ、一生小者のままだ。

ただ、小者と言えども戦場にいるのだから、乱戦となれば殺されることもある。

負け戦となれば軍は総崩れとなり後方も最前線もないからだ。

三人は牢人となってしまった以上、持ち金がなくなったら飢え死にするしかない。

「左門の兄貴。どこにも仕官せずに、この先はどうするんですかい？」

困った顔を向ける五平に、左門はふんっと鼻を鳴らす。

「あんな安い銭でいつまでも命を張ってられるか」

「それには同感でさ。俺と弥一なんて月にたったの銭一貫文ですぜ」

五平の言葉に弥一もふんふんと不満そうに頷く。

彼らを雇っていた秀高からは毎月銭が支払われていた。

小者の五平と弥一には銭一貫文、足軽の左門には銭二貫文である。銭一貫文とは若者一人がひと月食べていくのにギリギリの額。だが、商人に雇われるよりもはるかに高給であり、相場からしても倍近い報酬でさすがの織田軍と言える待遇なのだが、左門は二カ月分程度で「命がけの仕事なんてやってられるか」と思ったのだ。

左門はぐっと胸を反らせて手綱を持ち直した。

「今日からは俺が頭になって、そのうち天下をとってやるのさっ」

「さっ、左門の兄貴が～天下を⁉」

突然血迷ったようなことを語る左門に驚き、弥一は街道から外れるように横へ飛んだ。

「そうよ。斎藤道三《どうさん》は一介の油売りから美濃一国の主になったって言うじゃねぇか。油売りが大名になれる時代なんだぞ。だったら足軽とはいえ武士の俺だったら天下をとれるってもんだろ」

左門に根拠は無かったが自信だけは人一倍あった。三人もそんな斎藤道三の噂は何度か聞いていた。

「しかし、……あの話は嘘っぱちだって聞きやしたが？」

「そんなことねぇさ。あれは本当の話だ。こんな時代だったら、そのうち農家のせがれから天下をとる奴だって出てきちまうかもしんねぇな。けっ」

自分で言ったことに嫌気がさす。下剋上は武士だけの話だ、と左門は思っていた。世がどんなに乱れても身分は越えられない。武士と農民は生まれながらにしてまったく別な生き物だ。イノシシは生まれながらにしてイノシシであり、鷹にもならなければ牛にもならない。

人は生まれながらにして生き方が決まっているのだ。

左門は自分が一人で頭《かしら》となって、この乱世で一国持ってやろうと言っている。今は足軽くずれの身でも、いずれは殿《との》と呼ばれるつもりなのだ。

「どうだ五平。一緒に国を興《おこ》そうじゃねぇか」

そんな左門の野望に五平はすぐにのった。

「左門の殿！」

「おっ、おう。なんだ五平」

聞き慣れない言葉に戸惑った左門は、五平を見ずに少し頬を赤くする。調子よく合わせてくる五平に苦笑いしつつも、その気持ちが、左門にはなんとも嬉しい。

「とりあえずこれからどうしやす」

「何はなくともこの世は銭よ」

「銭は沢山あれば、それにこしたことはねぇですが……なもん、どこから？」

五平は細い目を更に線のようにして思案しながら聞いた。

「俺にはここらで一軒、心当たりがある」

「銭に心当たり？」

「俺はまず手始めにここら辺を縄張りにするぜ。だったら、まずは年貢を取り立てないとなぁ」

すっと街道の周囲に広がる田畑に向かって左門は両手を広げた。

「どっ、どうやって、ここら辺の奴から銭を～」

二人の早い会話をふんふんと聞くだけの弥一には、言っていることがまったく分からない。

「俺たちが命を守ってやる連中から駄賃をもらうのさ」

五平の方はすぐに要領を理解していた。

「左門の殿、そういうことですねぇ」

左門は馬の腹をガッと蹴りこむと、「はっ」と、声をかけ先頭を駆け出していく。

それを見た五平、弥一も慌てて後を追いかけた。

◇

三人が走り去った街道に、横の脇道から二頭の馬が出てきた。

一頭の黒い馬に黒髪の男が騎乗している。鉄炮を構えていた孫十三だ。

孫十三はぶ然とした態度で吐き捨てるようにして言う。

「尾張にも馬鹿しかおらん」

孫十三は顎の細い、鼻筋の通った端正な顔立ちをしている。せっかくのいい男なのに、まったく笑顔は見せない。

遠くに見える左門たちの後ろ姿を、鋭い眼光で不機嫌そうに睨みつけるだけだ。

黒の小袖《こそで》に革袴《かわばかま》。そんな黒ずくめの服装の中で、口にくわえた短い煙管《キセル》だけが、時折夜空に浮かぶ赤い星のように光った。

孫十三の背丈は高く、五尺半（約一七五センチメートル）ほどはありそうだ。

馬はあまり見かけないほど大きな馬なのだが、それを感じさせないのは、孫十三が他の者と比べて、足がすらりと長いからであろう。腰には刀が一本もないが、名のある家の武士とも見える。

「孫十三様。尾張では信長という領主が新しい国作りをしていると聞いております」

疑うような目付きで、孫十三はもう一頭の馬を引きながら歩く四朗を見下ろした。

「お前がそう言うから来てみたが……」

去って行く三人を見ながら奥歯を噛む。

四朗も背が高く、孫十三のさらに二寸（約六センチメートル）は高かった。

四朗は、赤みがかった毛を生やした足の太い馬の手綱を引いている。

鞍の脇には二尺程度の木で作られた無骨な赤い箱が左右に括《くく》り付けられており、そこには多くの荷物が入っているらしく、馬が歩く度《たび》に重そうにぎゅぎゅと左右に揺れ、中から鉄と鉄が当たるカチャカチャと言う音が聞えた。

くすんだ赤茶の小袖とたっつけ袴《ばかま》に、同じような色味の羽織をまとっている四朗は、馬に大きな荷物をくくりつけているので、すれ違う者からは「物売りさんかね」と尋ねられる。

「新しい国となれば馴染《なじ》めない者がいるものでございます。ほら、尾張の田畑はとてもきれいでございますよ。これは民が安心して暮らしておる証拠」

周囲を見回しながら四朗は、優しく微笑んだ。

「ふん。四朗は地獄にでさえも美点を見い出そうとする……」

呆れたように言われた四朗だが、その表情は変わらず穏やかだった。

「四朗、次の宿場までどのくらいだ？」

「一里半くらい行きますと、一宮《いちのみや》に着くはずです……」

「では、今日の宿に決まりだな。まぁ、こんな所じゃろくな食い物はないだろうが」

相変わらず不機嫌そうな孫十三だが、四朗はそんなことは気にならず、むしろ嬉しそうだった。

「ここら辺りでは川魚がおいしいそうですよ。孫十三様」

孫十三はちっと舌打ちをした。

「田舎の川魚は泥臭くて好かぬ」

そして、腕を組み、不満そうに横を向いた。

「では、宿主に魚の泥をよく吐かせてから出すように言い聞かせましょう」

そんな四朗の言葉が聞こえないのか、孫十三は「ふんっ」と鼻を鳴らして馬を進めた。

街道沿いには島村冨塚《しまむらとみつか》という集落があった。

集落の真ん中には茅葺《かやぶき》の大きな家が立っていた。高い屋根は入母屋造《いりもやづくり》になっていて、夕飯の支度だろうか、左右から煙が出ているのが見える。

これは村一番の豪農である彦兵衛《ひこべえ》の家で、その周囲には村民たちの小さな家が点々と続いているのが見えた。

島村冨塚も国は尾張であり、もちろん織田信長の領地なのだが、数年前まで続いた織田家内での御家騒動の時に、ここの領主は目まぐるしく代わった。だから、今年五十になる当主・彦兵衛《ひこべえ》は、複数の領主から年貢を迫られたことがある。

彦兵衛は農民としては小奇麗な茶の袴と小袖《こそで》に黒の羽織、頭には頭巾を被っている。羽振りの良さはその恰幅《かっぷく》のよい体や少しむくんだ顔にも表れていて、まるで大黒天のようだ。
彦兵衛がこんな大きな家を構えられたのは、真面目に働いてきたからではない。
この地域の農民をすべてまとめ、織田家の勢力争いの天秤がどちらかに落ちないように
と、あちらこちらとうまく肩入れしてきたからだ。
双方から年貢を迫られた時は、それぞれに「相手に納めましたゆえ」と泣いて訴え、結
局どちらにも納めず、その余った米を売りさばいて大商いをやったのだ。
世が乱れれば乱世に強い人間というのは出てくるもので、彦兵衛はこんな時勢だからこ
そ財をなすことができた人間の一人だった。

「誰も入ってきてはいかんぞ」

彦兵衛は家の者にそう言って、囲炉裏《いろり》部屋へと入る。

いつものように使用人二人を大戸へ続く土間へ立たせ、ピシャリと戸を閉じた。

家の間取りは、上から見ると「田」の字形をしている。

右上の部屋は食事場となっており、十畳程度の大きな部屋の真ん中には囲炉裏があった。

夕飯の用意は土間の奥にある炊事場で行われており、今ここには彦兵衛以外誰もいない。

ほんのり赤く燃える火を受けながら、今日も銭を数えて帳面をつけ始める。

この辺りでは断トツの豪農である彦兵衛は、家の者が夕飯の準備に追われて忙しくして
いる時間に、こうやって銭を数えるのが何よりも楽しみであった。

女遊びも博打《ばくち》も好きではなく、商いで儲けた銭を貯め込むのが唯一の娯楽なのだ。それをよく分かっている家族や使用人は、主人が自分で戸を開けるまで部屋には入らない決まりになっている。


彦兵衛が最後の銭を紐に通した時だった。

家の前で高らかに馬が嘶き、続いてカッカッと地面を二、三度叩く蹄《ひづめ》の音。

そして、馬上から降りたであろう者から、カチャカチャと、鎧と刀が擦れる音がした。

「……また誰ぞ兵糧でも買いに来たか」

土間に向かって耳をすませた。

武士と思えば、儲け話を持ってきてくれるお客さんにしか見えない彦兵衛。一升いくらで売りつけるかと頭の中で計算を始める。

土間にいた使用人が大戸をがらりと開く音がする。

大戸は二重の引き戸となっており、普段は背丈くらいの小さな潜り戸で出入りし、馬や荷物を入れる時は屋根まで続く雨戸のような大きな戸を、横へ動かして開ける構造となっている。

土間に立たせた二人の使用人は飯炊きをするためにいるのではない。用心棒だ。

ささやかな銭を持てばやってくる盗賊から家を守るために、雇ったのだ。元牢人だが、もちろん多少なりとも腕が立つ。

こうしておかないと、とても安心しては寝られないからだ。

彦兵衛はニンマリとした顔で、銭が入っている箱を床下《ゆかした》へそっと隠し、しっかりとその蓋《ふた》を閉じた。心配性の彦兵衛は寝る時以外はここに座布団を敷いて、ずっとこの上に座っている。この男はそれが楽しいのだ。

外からこの囲炉裏の間にやってくるには、大戸を開け、大きな土間を通り、そこから少し上がって続く八畳の部屋を抜けなくてはならない。

土間には用心棒である使用人がおり、客であればまずはその二人が応対する。

「なにやつ！」

使用人の一人がそう叫ぶとカッと鯉口《こいぐち》を切る音が聞こえ、すぐに「いやっ」と気合の入った声が入口から響いた。

それに続く激しく擦る草鞋《わらじ》の音、刀と刀が当たる金属音、ピュンと風切る音が重なり、やがてドスンという大きな音が二つ聞こえると突然静かになった。

「なっ……何があったんじゃ」

彦兵衛が恐る恐る土間へ近づいていくと、バンッと戸が手前に倒れ、使用人が倒れるようにして囲炉裏の間へ転がり込んできた。

「ひえっ」

使用人の変わり果てた姿に、彦兵衛は腰が抜けその場にヘナヘナと座り込んでしまう。

一人は二人掛かりでやられたらしく、槍で腹を突かれ、右肩から左脇へ向かって刀でザックリと切られていた。

生々しい傷から血がどくどくと溢れてくる。

使用人の睨むように開いたままの目が、無念で壮絶な最期《さいご》であった事を物語っていた。

部屋に血の匂いが一気に充満する。

両手を後ろにつきながらわなわなと下がる彦兵衛がふっと土間を見ると、もう一人の使用人が槍で串刺しにされて土間の壁に張り付けにされていた。槍は心の臓を貫き、使用人の目はゆっくりと白目となっていく。

二人の使用人を一瞬のもとに始末した三人を見た瞬間、この侵入者たちが兵糧を買いに来た武士などではないと分かった。

侵入者は抜身の刀を肩に担ぎ、頭髪は乱れ、返り血を浴びた顔でニヤリと笑っている。

(とっ、盗賊か⁉)

突然のことに彦兵衛は言葉を失った。

だが、次の瞬間には「銭を無駄にした」との思いが心に湧いた。

大金で二人も雇っていた用心棒は、自分を守ることなく朽ち果てた。

彦兵衛は使用人の命よりも、そんな役立たずに銭を数カ月払っていた事を無駄だったと感じた。

盗賊たちは土足のままで上がりこんでいる。

「あっ、あんたらは……、いったい……」

カラカラに乾いた喉から彦兵衛は声を出し、震える右手で真ん中の男を指した。

「彦兵衛、まだ生きてやがったな……」

ヘラヘラと笑った左門は左に五平、右に弥一を引きつれて後ずさりする彦兵衛を追い詰めていく。

「おっ、お前は……！」

囲炉裏の明《あか》りに照らし出される顔に、彦兵衛は見覚えがあった。

「覚えていてくれるたぁ、嬉しいもんだなぁ」

「さっ、左門！　なっ、何をしに戻って来たんじゃ」

「爺さん冷てぇなぁ。ちょいと前までは、ここで用心棒をしてやっていたのによぉ」

左門はニヤニヤとしながら言った。

数年前、彦兵衛が武芸の腕が立つ使用人して雇っていたのが左門であった。

その頃の左門は足軽にも仕官できず、力を持て余していたのだ。

そんな時、彦兵衛に用心棒を頼まれた左門は「この辺りで名を上げれば、そのうち尾張か美濃から声がかかるだろう」という読みもあって働くことにしたのだった。

だが、実際には盗賊などが襲って来ることはなく、左門はひと月ほどで飽きてしまった。

そこで、毎日夕刻になると一里ほど南にある一宮へ出掛け、朝まで飲んでくるという生活をするようになった。

しかし、夜に外出していてはまったく用心棒の意味をなさないばかりか、酒量の増えた左門はついに彦兵衛の銭にまで手を出し、そこで追い出されたのだ。

「何が用心棒だ。この泥棒がっ」

それまで恐怖の表情を見せていた彦兵衛だったが、銭を盗まれたことを思い出し、我を忘れて怒り出した。

彦兵衛は温厚な性格だが、自分の銭のことでは人が変わる。狸のように執拗な性格で、金を借せれば何年経とうとも、どこへ逃げようとも、借用書を持って取り立てに行くほどだ。

そんな彦兵衛が、自分の銭に手を出した奴を許すはずがない。

刀を抜身で持った相手が土足ですぐ側に立っているのだから、機嫌を損ねれば即首が飛ばされてしまう状況だった。

だが、彦兵衛にとっては銭の恨みが先に出る。

彦兵衛のそんな一面もよく知っている左門は音もなくすっと刀を振り込んだ。

ギラリと光る剣先がピタリと眼球の前で停《と》まる。少しでも動けば真っ二つになりそうだ。

「ひっ、ひぇ――」

「なんか忘れちゃいねえか？　俺はこの家の銭の在《あ》り処《か》だって知ってんだからな。お前なんか殺しちまっても別に困らねぇんだぞ」

すでに戦場で何人もの人を殺してきた左門には、今さら爺さん一人を始末することに何の躊躇《ちゅうちょ》もない。

「左門の殿、それじゃあ強盗になっちゃいますぜ」

首の後ろに刀を担いだ五平がニヤリと笑う。

五平は「左門の殿」という言葉だけは言えるが、後は小者ぶりの言葉しか出ない。

「確かに、こんな爺さん切っても意味はねぇな。しゃあねぇ、とっとと駄賃をいただいて帰るとするか」

左門は彦兵衛の眼前に刀を突きつけたまま言った。

「……駄賃?!」

左門の言っている意味が、彦兵衛にはさっぱり分からない。

駄賃とは何か用をこなした者が受けとる金品の事で、左門がしたことは自分の大事な使用人をバッサリと切っただけ。しかも二人もだ。

(この馬鹿者は一体何を言っている)

彦兵衛にはそうとしか感じられなかった。

だが、左門はそれが当然と言わんばかりに、能書きを垂れ始める。

「今日からこの村は左門様の領地だ。だから、米を作るしか能のないお前らを、年貢を取りに来る信長から守ってやるから、守り賃を寄こせって言ってんだよ」

「なっ、何。おっ、お前、狂ってるのか⁉」

彦兵衛の顎が大きく外れたように開き、開いた口が塞がらない。

てっきり用心棒を首にしたことを根に持って、恨みでも晴らしに来たのかと思っていたが、左門は刀を突きつけたまま「守ってやるから銭を寄こせ」と言ってきたのだ。

左門にあれこれ文句を言ってやりたいが、こんな狂った奴に何を言っても意味はなく、切られるのも割に合わないと思った彦兵衛は、とりあえず銭を与えて帰すことにした。

「わ、わ、分かった。いっ、いくら欲しいんじゃ？」

すると、左門はふんっと笑い、左手でいつも彦兵衛が座っている場所を指差した。

「そこにある分を全部寄こせ」

「なんじゃとっ」

「爺さんが溜め込んでやがんのは知ってんだ。だからそれを全部出せよっ」

左門は「当然だろ」という顔で笑った。

「なっ、何を言ってる！　ここにある銭は一年かかって作った米を売ってやっと得たとても大事な銭じゃぞ。そっ、それを全部持っていかれたら、わしらの暮らしは――」

唾《つば》を飛ばして必死にしゃべりたおす彦兵衛に、左門はもう一度ぐっと刀を押しだして、弥一に向かって「おらっ」と首を振った。

指示された弥一はペラペラの座布団をひょいと避け、その下の板間を見つめる。

「何もありやせんぜ？」

首を横に振った。

「その床下が隠し金庫になってやがんだよ。面倒くせえから叩き壊しちまえ」

「へいっ」

弥一がぶんっと刀を振り上げると彦兵衛は「くっ」とうめき声を上げた。しかし、そんなことはまったく気にもせずに、弥一は一気に刀を振りおろし、いとも簡単に板をぶち破った。

板は鏡割りの餅のように粉々に砕け、その下に蛇のようにとぐろを巻く銭の帯が見えた。

「ぜっ、銭だっ」

今までの人生で見たこともない大金を目にした弥一には、そのひと言しか出せない。

「へへっ、だいぶ溜め込んでやがったろう?」

左門にそう聞かれた弥一は目を輝かせながら床下に手を伸ばし、銭のみっちり入った箱を掴み、ぐっと持ち上げた。

「おっ、重てぇ～よ」

両手に伝わる重みだけで、これが大金であるのはすぐに分かる。

力の強い弥一でも一人では無理だった。五平が手伝ってやって、やっと四人の真ん中に箱を置けた。

「さすが左門の兄貴～。いや、左門の殿。俺は一生ついていきますぜ～」

さっきまで「天下をとる」などと言う左門のことを半信半疑だった弥一だが、まさに現金な奴で莫大な銭を前にして、ちょっとは信じてみる気になったのだ。

五平も弥一の反対側から箱に近づき中を見下ろすが、少し困惑したような表情に変わる。

「こっ、こりゃ一体いくら入っているんですかい?」

初めて見る銭の量に五平も戸惑い、すぐにそれがいくらなのか見当もつかないようだった。

その言葉に左門もちらりと中を覗く。

「……こりゃ……」

左門がそれで黙ってしまったのは、予想を遥かに越える大金が箱に収まっていたからだ。飲みに行く前にここから銭を拝借していた頃には、こんなに入っていなかった。

だが、銭を得たことですっかり尊敬の目で見つめる二人の手前、一緒に驚く訳にはいかない。

「銭三十貫文ってとこだろう」

左門はかなり多めに答えた。

「さっ、三十貫文⁉」

同時に体を反らせて驚く五平と弥一。

驚くのも無理はない。

三十貫もあれば三人で十カ月間は何もしなくても飯が食えるのだ。

しかし、そんないい加減な金額では納得できない男がいた。

「そんなもんじゃない。五十一貫と四百二十六文じゃ」

彦兵衛は、怒りに肩を震わせながら、箱に入っている正確な銭の量を告げた。

命を狙われているところでそんなことを気にしている場合ではないのは分かっている

が、自分が一所懸命集めて来た銭を、大雑把に言われることには耐えられない。奪われる銭とは言え、少なく言われることなど絶対に許せない彦兵衛だった。

「……ごっ……ごっ……」

五平と弥一はあまりに大きな銭に口に出すこともできない有様。

この爺さんが銭を溜め込んでいるのは知っていたが、まさかこれほどの額とは思っていなかった。

あまりの金額に左門の額からつるりと汗が流れる。

「俺らが命を懸けて働いている間によくも溜めこんだもんだな。よし、弥一その箱を持て。今日はもうここに用はねぇ」

弥一は気合でおしっと箱を持ち上げた。

彦兵衛が汗水垂らして一所懸命稼いだ銭ではないが、五十数貫文という金額は、そう簡単に手に入れられる銭ではない。

その銭を運び出そうとする賊たちの姿を見た彦兵衛は、我を忘れて叫んだ。

「わっ、わしの銭が！」

そして、火事場の馬鹿力とばかりに立ち上がる。

「うっとおしいんだよ、爺さん」

左門は刀を返して、その峰で彦兵衛の背中をドスッと強く殴りつけた。

峰打ちを喰らって「うっ」と吐くような声を発した彦兵衛はその場に俯《うつむ》けに倒れ込む。

体が床へと打ち付けられ、バタンと大きな音が鳴った。

いつもなら何があろうが囲炉裏の部屋には入らないのだが、あまりの音と異変に家の者が不審に思って襖を横へ開いた。

「おとっつぁん大丈夫?」

そこには薄い桃色のきれいな小袖を着た、年の頃十五、六のかわいい娘が立っていた。

「お……、おゆき……。にっ、逃げろ……」

背中を強打された痛みに耐える彦兵衛は、うなされるような声で何とかおゆきに危険を伝えようとするが声は届かない。

おゆきの眼前には、今まで見たこともない光景が広がっていた。

土足で上がり込んでいる野伏だか盗賊によって自分の父が引き倒され、一人は父がいつも大事に銭をしまっている箱を持ち出そうとしており、一人は父を刀で打ち付けていた。

そんな状況の意味は、世間知らずのおゆきにも十分理解できた。

「あっ、あんたたちは⁉」

おゆきは、はっと口に手をあて、声をあげた。

「そういや、爺さんとこには年頃の娘がいたんだっけなぁ」

左門はべろりといやらしく舌舐めずりをする。

「……左門の兄貴」

五平と左門は目で合図を送り合った。

「おう、そうだな」

こくりと頷いた五平は素早く飛びかかり、「やめて」と暴れるおゆきを押さえつけて、顔をパシンと平手で叩いた。

豪農の家で大切に育てられてきた娘は、親から殴られたことなどない。

五平は軽く叩いただけだが、おゆきはそれだけで茫然となってしまった。

「おい娘、暴れると殺しちまうぞっ」

恐怖で真っ青となった顔に、歯こぼれでのこぎりのようになった刀を向ける。

「う、うっ……」

奥歯を噛み、おゆきは叫びたいのをぐっと我慢した。

「そうやって大人しくしてりゃいいんだよっ」

五平は近くに置いてあった荒縄を手に取った。慣れた手つきでおゆきの手と足をまとめると、あっという間に縛り上げ、口にはさっと猿ぐつわをする。

小者として荷運びをやってきた五平には、こういった芸当は朝飯前だ。

胸元に巻きつけられた二本の縄によって、おゆきの大きめの胸は突き出すように強調され、それが五平の興味を一気に誘った。

（なかなか、上物《じょうもの》じゃねぇか……）

五平はおゆきを見下ろし、

「痛くはしねぇよ……かわいがってやるからよ」

と、ニヤニヤしながら言う。

荒っぽく扱われて、はだけた小袖を直すこともできず、ただふぐふぐと声をあげて身をよじるだけだ。突然襲ってきた不幸に涙が頬を流れる。

そんなおゆきを、五平は軽々と担いだ。

「よし、引き上げるぜ」

先頭を歩く左門が大戸を横へガツンと蹴って家を出る。

その後ろから銭を持った弥一。そして、すっかり諦めてしまい、ぐったりとしたおゆきを肩に載せた五平が続く。

家の前の街道には家路を急ぐ農民が数人いて、突然屋敷から出てきた盗賊風情の三人を注視した。皆、何事かと彦兵衛の家を覗き込むが、それが五平の神経を逆なでる。

「おいこらっ見世物じゃねぇぞ」

空いていた右手でぐいっと五平は円弧をかいて、村人たちに向かって叫んだ。

この時代の者ならば、すぐに彦兵衛の家が盗賊たちに襲われたと分かる。そこで、何かされてはたまらないと人々は笠の前をさっと摑んで顔を下げ、目を合わせないようにしながら逃げるようにして足早に去って行く。

五平と弥一は彦兵衛が農作業用に使っていた足のしっかりした小さめの馬を見つけて連れ出し、背に銭の入った箱とおゆきをくくりつけた。

三人が意気揚々と馬を連れて街道へ出ようとした瞬間だった。

孫十三と四朗が前を通りかかったのだ。

すれ違う二人を、左門はじっと睨みつける。

尾張国清洲《きよす》の町へ向かうべく南へ向かっていた孫十三たちは、美濃方向へ逃げようとしていた左門たちと彦兵衛の家の前で出会ってしまったのだ。

「……こいつ」

左門が気になったのは、目の前を通って行く黒い馬に跨った孫十三の方だ。

確かに五平はさっき見るなと叫んだが、とはいえ、そこは人間だ。

ジャラジャラと銭のなる大きな箱を家の前で持ち、猿ぐつわをした娘を担いでいれば、いやが応でも少しは気になるはず。

だが、この男は一度たりとも左門たちに目もくれず、まるで見えていないかのように真っ直ぐに進んで行く。

この漆黒の男の目には、横を歩く赤毛の若者しか見えていないようだった。

見るなとは言ったが、無視されるのは気にいらない。

「おい、そこの黒いの」

左門は、三丈（約九メートル）程先を黙って通り過ぎようとする孫十三に向かって刀を向けた。

だが、それでも孫十三は黙ったまま、首一つ動かすこともなく馬をゆっくりと進める。

その後には表情はやわらかだが、やはり左門たちを無視して馬を引く四朗が続いた。

「止まれと言ってるんだっ」

左門が叫んだ時、大戸を開き、ヨロヨロと彦兵衛が飛び出してきた。

だが、左門の打った一撃は老体にかなり効いたらしく、足をもつれさせて地面に俯せになって倒れ込むことしかできなかった。

「だっ、誰か助けてください。ぜっ、銭がっ、うちの娘がっ」

彦兵衛は、立派な侍と見た孫十三に向かって、力の限りに叫んだ。

しかし、その声はまったく口から出ていないかのように、孫十三と四朗はピクリとも顔を動かさない。彦兵衛が自分の声が小さいのかと、もう一度大きな声で言おうとした。

左門は、そんな彦兵衛をうっとおしく思い、「めんどくせー、始末するか」と刀を担いで体を向ける。

その時、美濃の方から一人の従者を連れた武士が歩いて来るのが見えた。

藍色の羽織に茶袴をはいたその男の腰には、名のありそうな立派な刀が二本。

この男はすでに何度も戦場で活躍しているのだろう。

齢《よわい》三十くらいのそのしっかりとした面持《おもも》ちからは戦上手といった雰囲気を醸し出している。しっかり結われた髷と整った着物からも、どこかに仕官している武士であることが伝わってきた。

その奥まった鋭い目に、野伏のような三人が映った。

今まではまったく無関心だった四朗が、ふっと馬を止める。

彦兵衛の声にはまったく振り向かなかった四朗だが、武士の従者が持つ長い布袋に入れた物には強い興味を惹かれ、グッと見つめた。

「あれは……芝辻《しばつじ》？」

袋の中身を鉄炮と見抜き、四朗は長さと形から製作者を当てようとしている。鉄炮など普通の者にはどれも似たような物にしか見えないが、どうも四朗には犬のように名前を付けて呼べるほどに違いがあるように見えるらしい。

足を止めた四朗に、孫十三は振り返り「まったく」とため息をつく。

彦兵衛の前には左門たちがおり、左前には孫十三たち、右前にはまともそうな武士が見える。

心はすぐに決まった。

もちろん、心からの叫びを無視するような孫十三たちに頼み事なぞしていられない。

（ここはあのお侍さんにお頼みしよう。お礼なら銭五貫文も渡せば、死ぬほど喜んでくれるはずだ）

彦兵衛にはそんな算段もあり、通りすがりの武士に体を引きずりながら窮状を訴えた。

「お礼ならたっぷりさせていただきます。ですから、どうかお助けくださいませ……」

彦兵衛の土下座はいたって早い。年貢の時期となれば一年に一度はそんなことをする場面があった。

頭を下げて年貢が減らせるなら土下座なんぞ痛くも痒くもない彦兵衛は、地面に胸がピタリとつけ、勢いよく頭を地面に付ける。

そんな土下座に心を揺り動かされたのか、武士は、馬に乗った三人がこの家から女と銭を強奪しようとしている事を一見で理解し、彦兵衛を助けてやることにした。

「礼はいらぬ。夜盗のたぐいは、この織田信長が家来・青山藤一《あおやまとういち》が討ち払ってやろう」

藤一は腰に差した業物《わざもの》にすっと手を添える。

「誰が夜盗だっ」

これから天下をとろうと考える左門は、その呼び方に怒った。

だが、それは藤一としては想像の範疇《はんちゅう》でニヤリと笑う。

「勝手に人の家から女と銭を持ち出す者が、夜盗でなければなんだ？　説明してみよ」

「俺は生駒《いこま》左門。今日からこの村は俺の領地とする」

顔を真っ赤にしながら左門は力強く叫んだ。

無論、そんなことを言うのは人生で初めてに決まっている。

藤一としては何やら言い訳をするか、尻尾巻いて逃げ出すか、はたまた問答無用で掛かってくるものと思っていた。

しかし、どうであろう。

野伏のような格好した三人が、事もあろうに「ここは自分の領地だ」と言い出す始末。

さすがの藤一もこれには呆れてしまい、胸の奥から笑いが込み上げてきた。

ガハハッと大笑いした藤一は、

「夜盗ではなく阿呆であったか。ならば刀を使うなどもったいない」

と、従者に向かって手を差し出した。

「安《やす》、種子島を」

「へっ、へい」

安と呼ばれた齢三十五、六の従者の顔は、頬がこけ、とても貧相であった。たぶん、従者をしながらも家族も養っているだろう。従者の安い雇い賃で家族が暮らすのは大変らしく、袖が擦れ切れた着物を着込んでいた。

安は持っていた布袋から素早く鉄炮を取り出し、藤一の掌の上に置いた。

どしりとした重さが手に加わる。

鉄の筒で作られている鉄炮は重く、その目方は一貫（三・七五キロ）から一貫半にもなる。

ゆえに鉄炮を扱う者は多くの力が必要とされた。

四朗は「やっぱり芝辻ですね」とうなずき微笑む。

そんな四朗だけを孫十三は見つめる。

「では、行くぞ」

だが、目を輝かせている四朗はその場を動こうとはしない。仕方なく咥《くわ》えた煙管に火を付けながら、またため息をついた。

「きっと、すぐに終わりますよ」

四朗にはこの勝負の行方が見えているかのようだった。

藤一が袋から取り出された鉄炮は、長さ三尺半程ほどあり、黒い銃身をこげ茶色の木の銃床《じゅうしょう》が下から包み込むように支え、手元には金色の金具が取り付けられている。

「そこの阿呆！　残念だがお前は運がない。俺はさっき鳥を撃《う》とうとしたのでな、この種子島には弾込めがすでに終わっている。しかも、火縄も点けたばかりだ」

藤一は口角を上げ、余裕の顔を見せた。

鉄炮は遠い距離から敵を倒せるが、弾を込めるのには時間がかかるのが弱点だった。

だが、藤一はその準備をすでに終えており、圧倒的に有利だ。

せめて距離があれば騎馬である左門に勝機があるかもしれないが、二人の間は二十五間（約五十メートル）程度であり、射程距離にあった。左門が逃げ出そうにも馬の初速は遅く、背を向けて走り出せば確実に銃撃を喰らうだろう。

藤一は右手で火蓋《ひぶた》を切り、腰に吊るしていた火薬入れを二、三度振り口薬《くちぐすり》を火皿《ひざら》に入れ、火蓋を閉じる。

従者の安はよく仕込まれており、火のついた火縄を素早く主人に渡した。

受け取った藤一は慣れた手つきで火挟《ひばさ》みに挟み込み、再び火蓋を切る。

あとは引き金を引くだけだ。

「堺筒《さかいづつ》ですね。青山様も操作には手慣れていらっしゃる。さすがは織田信長様の御家来ですね」

少し離れた場所でそれを見ていた四朗は感心して静かに呟く。

「……あんな奴、珍しくもない」

馬を街道脇に寄せた孫十三は、まったく興味なさげに煙をくぐらす。

藤一の鉄炮の準備を余裕の表情で見つめていた左門は、

「先に例の村へ行ってろ」

と、五平と弥一に言った。

「左門の殿、大丈夫ですかい？」

五平は心配するが左門は「気にせず先へ行け」と二度手を振る。

「へいっ」

五平と弥一はおゆきと銭箱を乗せた馬を引き、一目散に駆け出していく。

二人は藤一の横を通って美濃へ向かうようになるのだが、藤一とてここで五平たちを撃っている余裕はない。

一発でも撃てば弾を込め直さなくてはならないのだから。

すれ違いながら五平たちをギロリとそれを睨んだ藤一は、うっとおしそうに唾を横へ吐いた。

「仲間を逃がしたつもりかもしれんが、お前の後に奴らも始末してやるからな」

その背後で一頭の馬と二人で走っていく足音が遠ざかっていく。街道には二人となった。

道の真ん中で鉄炮を構える藤一に、馬に飛び乗った左門は馬首を向ける。

「勝ったつもりでいるとは余裕だな。種子島を使う腰抜けのくせに」

「ほざけ、この盗賊風情が」

青山藤一は戦で何度も鉄炮を使ってきた。仲間内では「中々の者」と言われるような腕前である。普段からも鳥など百発百中で撃ち抜く、かなりのものなのだ。

藤一の顔には完全な余裕が見られたが、左門も負けてはいない。

走りだしたくてうずうずしている馬は頭を下げ、前足で何度も地面を蹴り、その場を掘った。

藤一は両足を肩幅程度に前後に開き、銃口を左門へ向ける。

そして、左手で銃身の真ん中を下から持ち上げ、右手で持った床尾《しょうび》を右頬に沿えるようにして、立放《たちはな》しといわれる姿勢で構えた。

鉄炮は銃床を頬に添えて撃つものなのだ。

対して左門の方は街道の真ん中へ出て、背中に回すようにして刀を担ぎ、馬を斜め左へ向けて立たせた。

藤一はその左門の鞍の上に乗る体のど真ん中に狙いをつけた。

その間、約二十五間。

これは完全な鉄炮の射程距離内。

戦の始まりに決まりなどない。

最初の言葉を交わした時から、すでに始まっていると言える。

そして、音が途絶えた刹那《せつな》、

「はっ」

左門が勢いよく馬の腹を蹴ると、全速力で藤一に向かって突進してきた。

しかし、藤一はすぐに撃たない。

頭を狙っても勘の良い者なら射撃の瞬間、すっと力を入れれば避ける可能性もあるが、胴は動かし難《がた》い。だから、そこを狙うのだ。

さらに、威力のある鉄炮はちょっとやそっとの鎧などでは防げない。それに柔らかい鉛でできている丸い弾丸は体内に入ると、きのこ形に大きく変形し内臓を大きく食い破る。ゆえに胴に当たれば絶対に助からなかった。

鉄炮は射程距離が短くなれば、それだけ命中率が上がる。左門は刀を当てる距離まで近づかなくてはいけないのだから、藤一はできるだけ引きつけてから撃つことができ、有利である。

ドドドドッと馬蹄を響かせ、もうもうと砂煙を上げながら左門が迫る。

(馬鹿者め)

やがて距離は縮まり、距離があと十五間と迫った時、藤一が引き金を引こうとした。

だが、そこで左門が突飛な行動をとった。

「むうっ」

左門は突如街道を外れ、少し下った場所にある畑へ馬を飛び入れたのだ。

馬は左からぐるりと回り込むようにして速度をさらに上げて突っ込んで来る。

「そんなことで惑わされはせん」

しかし、藤一も織田軍で鉄炮を預かる男、すぐに立て直して狙いをつけた。

ダ――――ン。

雷鳴のような発射音が街道中にこだまし、銃口から白い煙がどっと噴き出す。

銃口から飛び出した丸い弾丸は空気を切り裂き、馬上の左門へと迫った。

(これで終わりじゃ)

藤一がそう確信した瞬間、左門は鞍にぶら下がるようにして馬の向こう側へ身を潜めた。

弾は乗り手の見えなくなった鞍の上を空しく飛び越え、彼方へと消える。

「なんと!?」

鉄炮を頬から外して藤一は驚いた。

だが、すぐに落ち着きを取り戻し、鉄炮を従者の安へ向かって放り投げた。

「安、もう一発だ。急いで弾を込めろ!」

しかし、そんな千載一遇の瞬間を左門が逃すはずもない。

「うおぉぉぉぉ」

叫び声と馬蹄を響かせた左門は、畑から街道へ飛び上がり一直線に駆けて来る。

「へっ、へい」

従者の安は急いで銃口から上薬を注ぎ込み丸い弾丸を入れ、銃身の下に入っている「さく杖《じょう》」（カルカ）と呼ばれる棒を急いで取り出し、銃口から数回突く。

だが、もう間に合わない。

ドドドドッという蹄が地面を叩く音が至近にまで聞える。

「遅いわっ」

と、馬上で左門が刀を振り上げた。

「なんのっ」

銃を諦めた藤一は腰の刀を引き抜き身構える。

しかし、馬は眼前であり、左門の刀は遥か頭上にあった。

無論、戦において上からの攻撃が有利。

馬の前足が寸前で空中に大きく跳ね上がり、踏み潰されると直感した藤一が左へ避けた。

次の瞬間、煌《きら》めく銀の刃は半月のような弧を描きながら藤一の側を駆け抜ける。

藤一は刀を振り上げたまま時が止まったように立ち尽くしていた。

「うっ……あぁ……」

小さく呻いた藤一の脇から肩へかけてザックリと切られた切り口から、どっと血を吹き出した。

傷口から霧のように血を吹かせながら、体はぐるりと回して最後に仰向けに倒れ込んだ。

藤一はまだ命を永らえており、体は小刻みに震えているが、絶命の寸前であることは孫十三や四朗にも分かった。

（もう助からん）

孫十三はすぐに悟った。

鉄炮で的を撃つなら二十五間が最適とされるが、これは人くらいの大きさの板に向かって五発撃ち、その内の三発も命中すれば名人と言われる距離。

しかも動く目標となれば、命中はさらにおぼつかない。

それに一撃目を外して次の弾を装填するまでの間に、騎馬はその間合いを走り抜けられると言う。

まさに青山藤一は身をもってそれを示した。

この頃は、まだまだ鉄炮をどう扱っていいかよく分かっていなかった、と言っていい。城に立て籠もる側にとっては、遠距離から相手を倒せる兵器を得たことで、城攻めは以前にも増して多くの犠牲を必要とする難儀なこととなった。

しかし、野戦においては最初に遠い距離から射撃を加えても、その後の騎馬突撃により足軽の鉄炮隊が蹴散らされることもしばしばで、「弓矢の方が速射ができて便利」という者も多い。

その鉄炮の弱点を、左門は戦場での戦いから会得していたのだ。

「あっ、青山様……」

今更準備の整った鉄炮の銃口を握りしめながらへなへなと座り込む安を、左門は馬の上からぐっと見下ろす。

「俺にはいらない代物だが、奴らにはいるかもな。おいそこの、種子島を寄こせ」

「へっへっへっ、へいっ」

安は恐怖に震え、持っていた鉄炮と弾、火薬などを入れた袋をまとめて左門に手渡した。

それを受け取った左門は上機嫌で鞍の上へそれを持ち上げる。

そして、ニヤニヤと笑いを浮かべて安に顔を近づけた。

「主人と一緒に死ねると言うのが、従者の幸せってもんだよな？」

安は「へぇ？」と戸惑いの顔を見せた。

次の瞬間、何の躊躇もなくブスリと安の背中に刀を突き立てる。

「ぐあぁぁぁ」

安は口からくはっと泡のような血を吐きながら、刀の刃に沿うようにしてツルリと落ち、地面に正座するように座って動かなくなった。

街道には二人の骸《むくろ》が転がる。

孫十三と四朗は、その一部始終を見つめていた。

壮烈な惨劇を目の前にしている二人だが、孫十三はただ煙管を赤く灯らせるだけで眉一つ動かさない。

四朗は戦いに興味津々と言った顔で「ふんふん」と頷くのみ。

左門は折り返してゆっくりと彦兵衛の所へ戻り、見下ろしながら自慢げに語る。

「いいか。いくら世の中が下剋上って言ってもよ、てめえら農民が俺たち武士と肩を並べる身分になることはねぇーんだよ。農民は一生農民やって俺たちのためにこき使われてりゃいいんだ。それを俺たちの戦を利用して小商いなんかやって銭貯め込みやがって、この身の程知らずがっ」

悲しみと悔しさで肩は震え、涙の止まらぬ彦兵衛は地面にただ膝をついて泣くだけだった。

「今ので分かったな彦兵衛。お前の稼ぐ銭はすべて、てめえを生かしてやってる俺のもんだ。刀を使えぬ貴様らなんざ、武士が本気を出せば全員皆殺しにしちまえるんだからな。そこを忘れんじゃねぇぞ」

左門は孫十三たちに向かって「どうだ」と言わんばかりの顔を見せる。

四朗は愛想笑いをしていたが、孫十三は相変わらず左門を見ようともしない。

(……何なんだ、あいつは)

左門は「世のすべてを知っている」と言わんばかりに、何ら動じない孫十三に薄気味悪さを感じた。

「まぁ……いい……」

使用人と藤一と安を殺し、銭五十貫とおゆきを得たことで左門は満足だった。

刀を振って血を払うと、美濃へ続く街道へ馬首を向けた。そこからゆっくりと馬を歩かせ、腰が抜けて動けなくなっている彦兵衛の前から去っていく。

「今日からこの村は俺のもんだ。これからもいろいろと世話になるから、そのつもりでなぁ」

左門はそう言うと手綱をグッと引き、馬にひと鳴きさせてから一気に走りだした。

あっははははと高笑いする声が、夕闇迫る集落にこだまする。

やがて、その声は街道の向こうへと遠ざかっていった。

やはりこの世は何の救いもない地獄であった。

虫の鳴き声だけが聞こえるその場には、新たに増えた二人の骸と娘をさらわれた親父だけがさみしく残された。

「行くぞ」

孫十三は芝居でも見終わったかのように、気にせず馬を進めようとする。

「ちょっとお待ちください、孫十三様」

それをにこやかな顔で四朗は止めた。

「なんだ」

「商いになりそうな気がしますので」

煙管を右手で支えた孫十三は、面倒臭そうに片目を少し閉じた。

「お前には見えなかったか?」

「見ましたとも」

澄んだ瞳で四朗はただ一人を見つめる。

「金のない者と、どうやって商いができる」

孫十三の言葉にはまったく澱《よど》みがない。

「先ほどの箱の中には銭五十一貫と四百二十六文が入っていたと思われます。ですから、この家にはもう銭はないはずだと、孫十三様はおっしゃりたいのですね」

箱の揺らぎと音から四朗は中身を正確に言い当てる。

「分かっているなら聞くな！」

孫十三は、金と娘を奪われ呆然としている彦兵衛を横目で見た。

「私には銭がまだあるやに思えます」

チッと舌打ちをした孫十三は、

「まったくお前は……」

と、だるそうに言いながら首を小さく振った。

四朗だけにはそれが孫十三の「少し待ってやる」という意思表示と分かる。

「はい。孫十三様」

二人はゆっくりと彦兵衛の前に戻った。

背中をピンと伸ばしたままの孫十三は、彦兵衛に一瞥《いちべつ》もくれずに、左門たちが去って行った美濃方向を騎乗したまま
じっと見据えている。その黒馬はよく訓練されているようで、止まったら一歩も足踏みをせず、無駄な嘶きもしない。

四朗は引いていた赤毛の馬を置くと、彦兵衛の前にしゃがみ手を差し伸べた。

「御主人。お怪我はございませんか?」

「あっ、あんたたちは……」

四朗の手を掴みながら彦兵衛は立ち上がり、尻についた砂を払った。

すべてを奪われた衝撃で、彦兵衛はすっかり憔悴《しょうすい》していた。

「私は四朗。こちらは孫十三様でございます」

と、紹介されても孫十三は会釈一つしないばかりか、彦兵衛の方さえ見ない。

「はっ、はぁ……そうですか……」

目の前で織田の家来が殺されたばかりなのだ。こんな物売りに自己紹介されても何も嬉しくはない。今ここへ来てもらいたいのは、左門を殺せる程の実力を持った侍なのだ。

そこで彦兵衛は皮肉の一つも言いたくなった。

「私が怪我でもしていれば、塗り薬でも売りつけるおつもりですか?」

少し落ちついてきた彦兵衛は、ぶすっとした顔で言う。

だが、それを聞いた孫十三は、鋭い眼光を四朗に向かって放った。

「四朗!」

孫十三が腹を立てているのを察した四朗は、話を単刀直入に進めることにした。

「御主人。よろしければ娘さんをお救い致しましょうか?」

「えっ、あんたたち、物売りが?」

孫十三の煙管がさらに真っ赤となった。

「いえ、私たちは物売りではございません。困っている方から依頼を受けてそれを伝える使者をしております。そして、そのお仕事をされる方は、かの有名な『八咫烏』様でございます」

「やっ、八咫烏ですとっ」

もちろん、その噂は彦兵衛だって知っている。

どこの大名にも属さぬ鉄炮上手で、銭さえ払えばどんな者でも撃ち殺してくれると聞く。だが、その者に仕事を依頼することが難しいとの噂だった。

その八咫烏に仕事を取り次いでくれるという使者が、突然目の前に現れたのだ。彦兵衛は腰を抜かさんばかりに驚いた。

「えぇ、八咫烏様です」

笑顔の四朗は懐からゴソゴソと取り出した一枚の和紙を眼前に開いた。

そこには、

『この者、八咫烏の使者として認める』

とあり、左下には達筆な名前とともに血判が押してある。

いつもの彦兵衛ならこんな得体の知れない連中を信用はしなかったかもしれないが、娘をさらわれ、銭五十貫を盗られて動揺していた所に、真実味のありそうな証文をみせられたのだ。

それに彦兵衛の心は「あいつが生きておればこの先、何度もやられる……」という恐怖に支配されていた。

もちろん、四朗は相手の心の内を知った上で、話をしている。

（このままじゃ……わしの暮らしは滅茶苦茶になっちまう）

そう思った彦兵衛は思わず口走った。

「たっ、頼む。左門を殺してくれ！」

悲痛な思いで彦兵衛はそう叫んだ。娘を助けてくれでもなく、銭を取り返して欲しいでもなく、今叶えてもらいたい願いは、左門を始末してくれという事だった。

四朗はコクリとうなずいた。

「お仕事の内容は分かりました。ただ、八咫烏様に仕事をしていただくのには報酬が必要です。そして報酬の半分は前金でいただきませんと……」

四朗は微笑みながら、彦兵衛を見つめる。

「そっ、それは聞いている。いくらだ。わしにだってまだ少しは蓄えがある」

銭で済むとあらば、彦兵衛の顔には自信がみなぎってくる。

「そうですか。それを聞いて安心いたしました」

そんな強気でいられるのは、彦兵衛がまだ銭五十貫を隠し持っていたからだ。

銭一貫文あれば男一人がひと月食べていける額なのだ。いくら高い金額と言った所で、こんな若僧が言える額などせいぜい銭五貫文。たとえ、こやつらが地獄からの使いだとしても、銭十貫文までだろうと高をくくっていた。

（こ奴らはそんな大金など見たこともないであろう）

するとと笑顔の四朗はさらりと答えた。


「御主人、報酬は銭百貫文にございます」


「なっ、何――」

目ん玉をひんむいて心底驚いた彦兵衛は、娘がさらわれた時でさえ上げなかった悲鳴を思い切り上げた。彦兵衛でさえそんな大金は普段口に出すことも少ない。

それを四朗は飯屋の代金と同じような慣れた口ぶりで「銭百貫文」とあっさり言ったのだった。

孫十三は馬上で遠くを見たまま「……だから」と小声で呟く。

「ぜっ、銭……銭……百貫文じゃと」

彦兵衛は腰を引きながら、もう一度その金額を叫んだ。

「ええ、銭百貫文です。こちらの仕事料はビタ一文まけられません。また、前金として半分の銭五十貫文がご用意いただけないと、残念ですがお仕事が受けられません」

四朗は、この言葉を使い慣れているようにスラスラとしゃべる。

「おっ、お前ら、百貫文という銭がどれくらいすごい額か分かって言っているのか？」

指を指された四朗は顎に手をあて少し考えた。

「ええ。……小さめの古い寺を一軒買える、とそんな金額でしょうか。後は、我々のような者なら二人で五年間はおいしいものを食べていけますね」

彦兵衛は狙いのつかない指を、微笑む四朗の顔に向けたまま上下に振った。

「そっ、そんな大金を一回の人助けで――」

そんな言葉を孫十三は遮った。

「娘の命は銭百貫文に値《あたい》しないのか」

孫十三は、その時初めて彦兵衛を見下ろし、右目の奥底に鋭い光を宿し、言い放った。

「そっ、それは……」

さらわれたのは自分の娘なのだ。人一人を助ける仕事料と聞けば高額かもしれないが、娘の命と比べていかにと問われればぐうの音も出ない。

彦兵衛はうろたえた。

四朗は次に何が起きるかもう分かったらしく、馬に積んであった小箱から何やら書かれている紙を取り出して、筆を墨つぼへ突っ込み、その紙に何かを書き足し始める。

「話は簡単です、御主人。銭を出して八咫烏の使者である私どもにお仕事をご依頼されれば娘さんと銭が手元に戻り、あの左門と申す男はあの世へ行くでしょう。ですが、ご依頼されなかった場合、娘さんは散々手篭《てご》めにあってから、どこかに売られ、奪われた銭は戻らず、一カ月もしないうちにあの男どもはもっと多くの仲間を引き連れて御主人の所へやってくるでしょう。そして、その時は残っている銭も……もしかすると、今度は御主人のお命も奪われるかもしれません……」

「そっ、そんな……いや、しかし……」

齢二十にも届かないであろう小倅《こせがれ》に、スラスラとこれから自分の身に降りかかるであろうことを予言された彦兵衛は言葉を失った。

(だが……きっと、そうなる)

四朗のやさしい目で見つめられた彦兵衛はそう感じた。

何の保証もなかったが、四朗の声を聞いていると確かにそうなってしまうような気がしてくるから不思議である。

そうなのだ。四朗には商談を鮮やかにまとめる才能があるのだ。

(この若者を信じてみよう)

そう確信した彦兵衛は脱兎のごとく家へと戻り、ばたばたと納屋で物音がしたかと思うと、大変な重さのありそうな銭箱を男の使用人と一緒に運んで来た。

そして、孫十三たちの威光にやられた彦兵衛は、知らぬ間に地面に土下座して頼んでしまっていた。

「こちらにまだ銭五十貫文あります。これでどうか左門の奴を……」

四朗はそれには答えない。ただ、馬の上にある孫十三を見上げるだけ。

「孫十三様。こちらのご依頼をどうされます?」

それは、彼らの間だけにある儀式のようだった。

一拍、間を置いた孫十三は、

「承知」

と答え、ぐっと馬首を美濃へ向けると馬の腹を静かに蹴った。

今まで一歩も動かずに立っていた漆黒の馬は、孫十三の心が分かるかのように全速力で街道を駆け出し、夜が迫りつつある彼方へと消えて行った。

それを見送った四朗は例の紙を書き終え、すっと彦兵衛に差し出す。

「これは押書《おうしょ》でございますか？」

「ええ、仕事が終わりましたら、半金の銭五十貫をいただかなくはいけませんから」

契約の証である押書の内容は、あまり学のない彦兵衛でも読めた。難しい漢字などではなくひらがなで書かれていたからだ。押書は丈夫な半紙でできており、左門の殺害を条件として残りの銭五十貫文を仕事を終えたら即日支払うということが、達筆な筆文字によって書かれていた。

顔を上下させながらふんふんと読んだ彦兵衛は、最後に大きく頷いた。

「分かりました。よろしくお願いします」

納得した彦兵衛は一番下に名前を書き入れた。

「そうですか。では、親指を出してください」

彦兵衛は何かの儀式かと思い、ふらりと右手を広げて突き出した。

「ありがとうございます」

ぱっとその手首を掴んだ四朗は、スルリと一寸（約三センチ）程の小さな刃物を取り出し、目にも見えない速度で彦兵衛の親指を半寸ばかり切った。

「いたっ」

あまりの早技に切られた後に声をあげる。

「なっ、何をなさるんですか？」

彦兵衛が怒っても四朗はまったく動じない。

謝ることもなくせっせと押書の手続きを続ける。

「その指を名前の横に押しつけてください」

指の痛みに顔をしかめながら彦兵衛が聞く。

「血判。……一揆じゃあるまいし、そこまでしなくちゃいけませんか？」

四朗は真剣な目をした。

「八咫烏様は命を懸けてお仕事をしてくださいます。ですから、お仕事を頼まれる方にも命懸けで頼んでいただきませんと」

「……はっ……はい……」

その目力に押されるようにして彦兵衛は静かに親指を押書に置いた。

すると真っ赤な指紋の丸い模様が半紙につく。

四朗はすっと押書を確認してから畳むと、小箱へ入れた。

「では、半刻ほどお待ちください」

「そんなに早くでございますか？」

「あまり時間がかかっては、娘さんが可哀想でしょうから」

四朗はにこりと微笑むと孫十三の後を、馬を引きながら足早に追いかけて行った。

あっという間に街道の彼方へ消えて行く四朗を見ながら、やっと落ちついてきた彦兵衛は手を合わせ「どうかおゆきを……」と祈った。

◇

すでに日は沈み、辺りは暗闇《くらやみ》に包まれ始めている。

ここは尾張と美濃の国境近くで、少し前までは村があった場所だ。

だが、この周囲でたびたび戦となってしまい、何年も収穫のない年があったため、村人がよそへ逃げ出してしまい、家屋は朽ち果てるがままとなっている。

人の居なくなった家屋が潰れて行くのは早い。

最も古い家は屋根の重みに耐えられず柱が傾き、どさりと倒れ込んでいた。周囲に点在する田畑には雨水が溜まり、そこを住処《すみか》とする蛙がうるさいくらいに鳴いているのが聞こえ、朽ちた田んぼからは泥の匂いがした。

彦兵衛の前にあった街道から奥へ半里程入った村へと続く道はここで行き止まり。ここから先は枝分かれをしており、その道沿いには点々と廃屋が並び、人気《ひとけ》はない。

ただ、村の入口にある家の屋根からだけは煙が上がり、少し開いた木戸のすき間からぼんやりとした灯《とも》し火が漏れていた。

その家の前には二頭の馬が繋がれ、弥一が与えた餌をもさもさと食っている。

左門はここが戦で廃村になっていることを知っていて、この村を自分たちの根城《ねじろ》にしようと考えてやって来たのだ。

村に入ってきた侵入者がすぐ分かるようにと、入口にあったこの家に勝手に三人で上がり込んでいた。

家から突如、娘の悲鳴が聞こえた。

「きゃ――――！」

近くまで迫る山肌に跳ね返るように聞こえる、まさに絶叫。

しかし、それに応えてくれる者は村にはいなかった。

単に夕闇に空しく響くだけ……。

おゆきは囲炉裏の横にあった埃《ほこり》っぽい板間の上で、小袖を無理矢理剥ぎ取られていた。

全裸となってしまったおゆきは、体を小刻みに震わせ自分を抱くようにして身を縮めるしかない。

もう逃げることはできねぇだろうと、おゆきの猿轡《さるぐつわ》も手足の紐も、すでに外されていた。

もちろん、男三人に力ずくで抑えつけられればどうにもならないことくらい、こんな時代に生きる年頃の娘なら誰でも分かっている。

抵抗すれば殴られたり水に沈められ、酷い時には殺されるだろう。

しかし、降って湧いたような不幸を、大事に育てられたおゆきには簡単には受け入れられない。

（こんな汚い場所で……こんな奴らになんて……）

手籠めにされるにしても、抵抗はしておきたかったのだ。

「まだ分かんねぇのか？　ここら辺には俺たち以外は狐か狸しかいねぇんだよ」

五平はいやらしく舌舐めずりをしながら、おゆきに近づいていった。

「……そ、そんなっ……」

おゆきは顔を横へ向けながら、後ろへと身を引く。

しかし、狭い部屋ではすぐに壁に突き当たってしまう。

そこで怯えるおゆきに五平は、がばっと覆いかぶさるようにして動けなくした。

「左門の殿、俺が先で本当にいいんですかい？」

五平は、囲炉裏の横で酒を飲む左門を振り返った。

彦兵衛からの集金が思ったよりも大金だったことに上機嫌の左門は、白いとっくりの首についた紐を持ち、底を上げてぐびりと酒を煽る。

そして、どんと床にとっくりを置き、豪快に笑った。

「あっははは。構わん構わん五平。そんな村娘の初物《はつもの》など貴様にくれてやるわ。初物なぞキツイわ、痛がるわ、泣かれるわでちっとも良くねぇからな！」

「さすが殿。じゃあ遠慮なく」

五平はおゆきの腰に乗って身じろぎもできなくすると、自分の着物をさっと脱ぎ捨てふんどし姿となった。

そして、「へへっ」と不気味な笑みを浮かべる。

今の左門にとって大事なのは女よりも銭だった。その箱に手をどんと載せる。

「尾張の織田信長も、美濃の斎藤義龍《よしたつ》も、駿河《するが》の今川義元《よしもと》も全員馬鹿だ」

弥一は囲炉裏に薪をくべた。

「へぇ〜そうなんすかぁ」

「おうよ。待っていたっていい領主って奴はやって来ねぇってこった。そこでだ、俺はこの状況を解決するいい方法を思いついた」

「いい方法？」

「俺が領主になるってことよ。そうすりゃ世の中うまく行くようになって、俺を慕う連中にはいい思いさせられるじゃねぇか」

左門は親指で自分を指した。

「そっ、それはいいっすねぇ」

弥一は身を乗り出して言う。

「お前もちゃんとやれば大きな田んぼをくれてやるから、しっかりと俺のために働くんだぞ」

すると、弥一は、もじもじしながら左門に聞く。

「あのぉ〜俺たちも……そのぉ……さっ、侍にしてもらえねぇか……」

一瞬、きょとんとなった左門は、突然膝を叩きながら豪快に笑いだした。

「あっははは。弥一、酒も飲まぬうちに酔っているのか？　それはないわ。武士と農民は体と頭の作りが違うまったく別の生き物なのじゃ。俺もできればそうしてやりたいが、弥一が明日から領地を任せられても政《まつりごと》を仕切れと言われてもできぬであろう。俺も田んぼなんぞへ入ることはできん。身分とはなぁ、そういうことなのだぞ」

「……そっ、それは……」

恥ずかしそうに口ごもる。何の勉強もしてこなかった弥一には、そう言われてしまうと言い返す言葉はない。だが、何か引っ掛かるものを感じていた。

自分が政を行えないというのは分かる。

しかし、田んぼなぞ誰でもできそうな気がする。うまい者から数年かけて教えてもらえば、こんな頭の良い左門ならできてしまうだろう。弥一はそんなことを思ったのだった。

左門は銭のたんまり入った箱を撫でた。

「これだけあれば仲間が雇える。何人か集めたらここら辺の土豪を片っ端から潰していって、それがまとまったら尾張を狙うぞ」

すでに酒が回っているのか、それとも今日があまりにもうまく行ったから調子に乗っているのか、左門は冗談とも真剣とも思えない大きなことを次々と言う。

「おっ、尾張を？」

囲炉裏で汁の準備をし始めていた弥一は、あまりの言葉にびっくりした。

「尾張の領主信長はあの『うつけ』ではないか？　噂では若い頃には肩を出した着物を着て頭は茶筅に結び、日がな一日領内を暴れて回っていたそうじゃねぇか。それに今日も見たが、青山藤一のように織田の兵など皆弱い。だから、俺が本気で戦っちまえばあっという間に倒せるはずだ！」

左門はまたぐびぐびと酒をやり、くはぁと酒臭い息を吐き、また楽しそうに高笑いをした。

五平の下で押さえつけられている裸のおゆきは、グッグッと股間を押し付けられつつある腰を右に左に揺らしながらも、まだ抵抗をしていた。

「おら、じっとしろ」

やがて、完全に動きを封じられたおゆきは、左門を睨みつけた。

「あんたたちなんて死んじゃえばいいのよっ」

上に押し掛かられているのに、まだ強気のおゆきに、五平は吐き捨てるように言った。

「なんだとっ、この女《あま》！」

五平はおゆきを仰向けにして両肩を床へとぐっと力強く押し付けた。とたんに艶《あで》やかな長い髪が床に大きく広がる。こうなると、おゆきにはどこも隠すことはできない。

真っ赤になった顔だけは辛うじて横へ背けられるが、つんと上を向いた胸の大きな膨らみも、白くて長い足も、すべてが五平に丸見えとなってしまい、汗ばんだ五平の生温かい体が押し付けられているのだ。

（くっ、くやしい……）

女は男よりも力が弱いというだけで、何でも言いなりにされてしまうことが、おゆきは悔しかった。

武士は農民に向かってどんな悪いことをしてもいいと思っている。農民はそれを受け入れ続けなくてはならない。

だが、奴らと自分たちとでは何が違うのか？

（体についている物は何もかも皆同じで、馬鹿な武士もいれば、頭のいい農民もいる）

とても違う生き物とは思えないと、おゆきは思った。

おゆきはこれが最後の抵抗と、身をよじらせてじたばたと暴れだした。

左門はそんな二人をニヤニヤといやらしい笑みを浮かべて見ている。

（だからちっとも良くねぇって言ったろう）

さらってきた女でも初物じゃなければ抵抗はしない。別に殺す訳じゃないのだから……。

最初は「暴れんなっ！」と言っていた五平だが、だんだん、力ずくで女を押さえつけることに興奮し始めた。小者の手当では簡単に女は買えぬし、こんな若い生娘は五平のような人生では一度も会う機会はなかったからだ。

抵抗する手足を強く摑んでいるうちに「どうしても俺の女にしたい」と言う衝動が体を貫く。

おゆきにとっては不本意だろうが、根強く抵抗したことで五平の征服欲を高めてしまったのだ。

戦場で人を殺す体験をした兵は、こうした行為に異常な興奮を覚えるようになると聞く。

五平はニヤリと笑うと、平手でおゆきの頰を右へ叩いた。

「あぁっ」

五平が戦で人を殴る時の数十分一の力だったが、おゆきはその一発でぐったりとなった。

(だっ……誰か……)

心の中でそう思ったが、聞こえてくるのは蛙の鳴き声のみ。

おゆきはこの瞬間、抵抗をやめた。

(これが……私の運命だったのね)

「へへへっ……」

おゆきが大人しくなったことを見た五平は、ふんどしも脱ぎすて全裸となり、その初々しい柔らかく白い肌に自分の下半身をぐっと落としていく。

そして、嫌そうな顔をしているおゆきの胸元を味わうように舌で舐める。

「ひぃっ」

おゆきが奥歯を嚙みしめて目をつぶったのがまた興奮するらしく、五平はぐっと蛇のように上半身を持ち上げ、これから何度も貫く体を楽しむようじろじろと眺めた。

「死ぬほどかわいがってやるからなぁ」

そう五平がニヤリと微笑んだ瞬間だった。

ズダ――――ン！

そして、それに続くピィイイイイイイという高い音。

「なっ、なんだ⁉」

左門はその轟音《ごうおん》に驚き、持っていたとっくりをおもわず放してしまう。弥一は「ひぇ」と床に這いつくばって身を隠そうとした。落としたとっくりは床に落ちて割れ、ガチャンと大きな音がして酒が土間にぶちまけられる。

戦場で何千発もの火薬が炸裂する音を聞いてきた左門が驚くのも無理はない。

その闇夜に響く爆発音は、さっき聞いた鉄炮の音とはまったく違って、桁外れに大きく、そして鋭かったのだ。

「きゃぁぁぁぁ」

次に声を上げたのはおゆきだった。

見ると、おゆきの上に跨っていた五平が、ぴくりとも動かなくなっている。

おゆきが船で五平が帆に見える帆掛け舟の形のままで、永遠に時が止まっていた。

「ごっ、五平？」

落雷か何かと驚き両手を頭の上に置いていた弥一が、何とか頭を上げて気弱な声でそう問いかけると、五平はグラリと体を傾けておゆきの体から床にドスンと滑り落ちた。

もう五平は一寸たりとも動く事はなく、体はぐにゃぐにゃで人形のようになっていた。


「ちっ、血、血がっ」

顔面を真っ青にしたおゆきは何とか体を起こした。

だが、あまりの出来事に腰が抜けたおゆきは、手で体を支えながら足だけを動かして逃げだす。そして部屋の壁に背が当たり、やっとその動きを止めた。

おゆきは危ないところを助けられたはずだったが、その顔からは血の気が失せ、真っ青になっていた。

「しっ、死んでるっ」

そして、ぐっと息を吸い込むと大声で叫んだ。

おゆきには何がなんだか分からない。

助かったと思うよりも、腹の上で人が死んだ事の方が頭の中を占め、もうどうしていいのか分からない。しかも病気で死んだのではない、頭から赤い血が流れ出しているのだから。

「なっ、何をしたんだよ!?」

驚いた弥一が駆け寄って親友の顔を見た。

ぐわっと開かれた眉間には、半寸程の丸い穴が開いており、そこから少しの血が流れ出していた。

「ごっ、五平っ、五平っ」

そのあまりの血の少なさに死んだとは思えなかった弥一は、上半身を抱えて揺するが、すでに五平はピクリとも動かない。

しかし、よく考えて見れば、確かに戦場でもそうだった。

頭蓋を撃たれた者は、どんなに小さな傷でも確実に死んでいた。

頭の鈍い弥一だが、さすがにこれは娘のせいではないことはすぐに分かる。

「敵かっ、どこだっ」

左門は数々の戦場を生き抜いてきた鋭い感覚で、自分の身に大きな危険が迫っているのを感じとった。

武士の生まれである左門はそういった感性に優れていた。でなければ出世しなかったとはいえ、こんな激戦続きの織田軍で生き残ることはできなかっただろう。

素早く弥一が作っていた鍋を刀でガツンと叩き落とし、囲炉裏の火を消す。

囲炉裏からはジュウと水が火を消す音が聞こえ、灰を含んだ煙が部屋の中に舞い上がる。

部屋は真っ暗となった。

抜身の刀を持ち玄関へと突っ走った左門は、引き戸の横へ座って身構える。

時間が経てば目も暗闇に慣れ、外の風景も見えてくる。

だが、人影はどこにも見えない。

「まさか……こんな夕闇の中で村の外から狙い撃ちだと⁉」

思わずそう口にしたが、左門は本気でそう思った訳ではない。誰かが家に近づく気配も感じなかったし、馬も鳴かなかったので外から撃たれたと思っただけだ。

少なくとも二十五間程度の距離には人影はない。

しかし、何より向こうからでは、鉄炮で狙い撃つのは不可能なのである。

「こっ、殺されちゃう……みんな……殺されちゃう……」

裸で震えるおゆきを見た左門は、その情けない姿を見て落ち着きを取り戻した。

（俺はこんな場所でくたばらねぇぜっ）

左門の脳裏には一瞬、嫌な想像が頭をよぎる。

（さては彦兵衛の奴、溜めこんでいた銭で種子島でも買ってやがったか？）

弥一は「まだ信じられない」といった顔で、五平の横にペタリと座っていた。

こんなダメな奴でも、五平は弥一にとって同じ村から出てきた大切な仲間なのだ。それが今や骸となって転がっている。

「弥一っ、五平はもうだめだ。あとで丁寧に葬ってやるから、そこの種子島を持ってこっちへ来い」

「へっ、へい」

左門の声でやっと我に返った弥一は、目の涙をぐっと拭くと、藤一から取り上げた鉄炮を持って走ってきた。

「お前だって種子島くらい撃ったことあんだろ？」

「まっ、まぁ五発くらいは……」

「だったら、弾を込めて撃つ準備をしやがれ。敵も種子島を持ってやがるようだ」

「へいっ、分かりやした」

弥一は動揺しながらも道具を広げて準備を始めた。

震える手で銃口から上薬を目分量で入れ込み、丸い弾丸をころりと入れる。続いて銃身の下からさく杖を取り出すが銃身の中壁に当たってカタカタと音が鳴る。それでも何とかさく杖を取り出し、銃口から突っ込んで突き固めてから、火蓋を切って口薬を込める。

（……遅い）

弥一の弾込めを見ていた左門はイライラしていた。

鉄炮はとにかく準備に時間がかかった。

「上薬を入れ過ぎんじゃねぇぞ」

普段からでも頼りない弥一に左門は注意する。

実は鉄炮にたくさんの火薬を入れれば射程距離は二十五間以上になる。

しかし、火薬を大量に積めれば距離は出るが、筒を抜けるスピードが早過ぎて命中がおぼつかなくなってくる。

筒と弾との大きさはわずかに違い、火薬によって急加速された弾丸は、筒の内部に何度か衝突しつつ前進する。筒に当たればそれだけ狙った方向に修正され、筒の先に向かって正確に飛んで行く事ができる。だが、スピードが早いと当たる回数が激減して命中率は大きく下がる。それが二十五間などという遠距離ともなれば、大きな誤差となってしまうのだ。

また一般的に、弾丸はやっとこのような器具に、溶かした鉛を流し込んで作られているので、形は歪《いびつ》であり、大きさにもかなり差があった。

この頃の鉄炮は上薬、弾と筒のすき間、弾の形と重さなど撃つたびに多くの条件が微妙に変化してしまい、いくら慣れても正確に当てる事が、とても難しい武器だったのだ。

やっと発射準備の終わった弥一は囲炉裏へ急いで戻り、燃え残っていた木炭から火縄に火を移して火挟みに挟んだ。これで引き金さえ引けば弾が出る。

「じゅ、準備できやした」

しゃがんで小さな火が灯る鉄炮を両手で抱く弥一の額から、汗がダラダラと流れ出す。これは決して暑さのせいなんかではない。今まで他人の死は多く見て来た弥一だが、友の五平の屍《しかばね》を見て初めて死を感じたのだった。

しかも、今は自分が殺されようとしているのだ。

左門は周囲の気配を察しながら小さな声で指示を出した。

「よし、よく聞け弥一。五平が撃たれちまったって事は、奴らはこの家の近く……二十五間よりも近くにいるってこった。そうだな、奴らが五平の頭を狙ったんだとすると、たぶん十間くれぇのとこにいやがるはずだ」

左門には人影が見えなかったが、どこかの物陰にいると踏んだのだ。

そして、その意見には弥一も同感だった。

「そうじゃなきゃ頭を一発なんて無理なはずっすよね」

左門は外をちらりて見てから頷く。

「そうさ。今から戸を開けて外へ出れば、火縄の火なんてもんはこんなに暗ければ見えるはず。だからお前はそれを目標にしてすぐにぶっ放すんだ。分かったか?」

「そんなんじゃ当たりっこないすよ」

「いいんだよ当たらなくとも。こっちにも種子島があるって分からせりゃいいんだよ」

弥一は頷いて見せたが、すぐに不安そうな顔を見せる。

「さっ、左門の兄貴はどうするんです?」

もう弥一には「殿」などと言っている余裕もなくなっていた。

「俺はすぐ馬に乗って、そいつらに向かって切り込む」

「わっ、分かりやした……」

汗びっしょりの顔で力強く頷く弥一と、引き戸に手を添えた左門は呼吸を合わせた。

「せいのっ!!」

ガツンと思いきり開いた戸から外へ飛び出した弥一は、外へ出るとぐるりと周りを見渡した。

左門はすぐに近くへと繋いであった馬へと走り、飛び乗る。

「みっ、見えませんぜ、左門の兄貴」

弥一からうろたえた声が聞こえた。

(バカがっ、しっかりと見ろってんだ)

左門は馬上へ上がりながら、唯一となってしまった頼りない家来に思った。

しかし、もう一度弥一が体を回して周辺を確認して見るが、やっぱりそんな火などまったく見えない。十間程度に敵がいるならすぐに分かりそうなものである。

「よく捜せ!」

馬に乗った左門の方が上にあり、より遠くが見渡せる。

左門は自分でも目を凝らしてみるが、確かにそんな火など村の中には見えない。

まさかと思って、村から街道へと続く道の方を見つめた。

(なんだ……ありゃ?)

村の出入口から延びる道の先にまるで鴉の目のように、小さな火が輝いているのが見えた。

そこには二人の人影が見え、その近くには馬も二頭見えている。

「なんだ……五平を撃った後にあそこまで逃げちまったか?」

その距離はゆうに五十間は離れている。これは弾が届く二倍の距離だ。

（こんな距離なら種子島の弾は当たらねぇ）

その臆病ぶりに少し安心した左門はゆっくりと馬を道へ出すと、弥一に見つけた火を指差した。

「あそこだ弥一」

すると、弥一はびくっと体を震わせた。

「あんなとこから五平を撃ったんですかい⁉」

（どんな頭してやがんだ）

左門は弥一の学の無さに頭を抱えたくなる。

「お前は馬鹿か？　あんなとこから撃って人の頭に当たる訳がねぇだろ。あいつらは家のすぐ側までやってきて、窓から五平を撃ち、それでびびってあそこまで逃げたに違いないわ」

（家の側で撃ったからあんなでけぇ音がしたのか）

左門は例の大きな音の秘密が分かり納得した。

「そっ、そうなんですかい？」

弥一はその意味が分からなかったが、左門が言うのだから仕方なく納得する。

「どこのどいつか知らんが腰抜けめ。五平の仇を討ってやるぜ。弥一、このまま間合いを詰めろ。どうせ怖くなってそのうち逃げ出すだろうから、そん時ゃ背中を構わず撃っちまえ」

弥一もそれを聞いて安心した。一発撃ってあんなに遠くまで逃げるような腰ぬけ野郎だったら、左門の兄貴が負ける訳がない。左門は織田の家来でさえ手玉にとったのだ。数人くらい追手が来た程度ではやられないに違いない。五平にはかわいそうなことをしたが、ここは左門と一緒に生き抜いて、五平の分まで自分が頑張って生きてやろうと弥一は思っていた。

「近づいても逃げなかった時はどうしやす?」

「そん時は三十間くらいで撃っちまえ」

「へっ、へぇ!?」

そんなことを言われても、鉄炮に熟練していない弥一としては、鉄炮上手がやっと当たると言われる二十五間より遠くては、とても自信が持てない。

「そんな遠くちゃ、俺っちの腕で当たるかどうか……」

「それで構わねぇんだよっ。ああ言う素人はな、こっちが撃てば思わず撃ち返しちまう。そうなりゃその隙をついて俺が二人とも殺《や》っちまうからよ」

左門はガチャリと刀を背負って構えた。その雄姿に弥一はほっと胸をなで下ろす。

(左門の兄貴なら二人くらいどってことはないさ)

弥一の肩を左門は叩いた。

「よし、行け」

鉄炮を抱えて弥一は暗闇迫る村を駆けた。その後を左門の馬がゆっくりとついていく。

歩数にして五十歩も進むと二人の人影がかなりはっきり見えてきた。

黒い着物を着た若い男は撃つ気がないみたいに、鉄炮の銃口を下へ向けて立っており、その横でもう一人の男は小さな箱を一つ持っていた。二人とも腰に刀は差していない。

(こいつら武士でもねぇのか?)

そう思いながら三十間くらいの位置で立ち止まった弥一は鉄炮を持ち上げ、

「ごっ、五平の仇だ。これでも喰らえっ」

と、銃床を頬につけて片目をつぶり、黒い服を着た男に狙いをつけて、引き金を引いた。

ダ——ン。

まだ慣れないその大きな音に弥一は「ひっ」と身を縮めて耐える。

銃口から出た大量の白煙が前方に大きく広がり前はまったく見えない。

「火薬が多すぎたんじゃねぇのか?　それで……やったか?」

白い煙を手で払いながら馬に乗って後ろからやってきた左門が弥一と並ぶ。

「うっ、ううん。どうだかなぁ」

弥一が首を前にぬぅと出した瞬間だった。

ズダ————ン。

三十間先で大きな丸い炎が広がった。

「こいつはさっきの銃声！」

左門はこれが五平がやられた時に聞いた鋭い音と同じだということに気が付いた。

（さっきの音は家の横だから大きかったんじゃないのか）

今さらながら、そのことに左門は気づく。

しかし、時すでに遅く、弥一は何も言わずにばたりとその場へ倒れ、ごろりと仰向けになった。

その両の目は暗い空を睨むように見開き、一瞬の痛みを感じる時間があったのか、グッと眉間に向かってしわが寄っていた。

弥一の顔にも五平と同じ場所に傷がついていた。

（みっ、眉間を狙っただと）

驚いた左門はそう思ったが声も出ず、単に二、三度口を動かすのみ。

左門も今まで鉄炮は戦で何度も見たことがあった。

しかし、普通の者なら二十五間で五発撃っても体のどこかに二、三発程度当たれば、それでも十分凄い腕だ。

二発撃って、二発とも眉間を打ち抜くだと……。

左門にはもう一つ気がついたことがあった。

それは弥一が三十間という少し遠い距離から撃ったとはいえ、その射撃に対してこいつはまったく動じず、最初から外れるのが分かっていたかのように、その場を動かずにいたということだ。

普通、鉄炮を向けられた奴は右に左に避けようとするはず。

(弾の行く先が分かるとでも言うのか……)

左門はこの二人が突然不気味に見え始め、その焦りで背中に冷たい汗が流れる。

ついに一人となった左門は、鋭い目付きで二人を見据えて叫んだ。

「お前たち、何者だっ！」

聞かれた四朗はとぼけた顔で、横に立つ孫十三に話しかける。

「孫十三様。お名前を聞かれていますよ」

普段からでも四朗以外とはしゃべらぬ孫十三は、こんな奴らに答える気などまったくなく、するりと銃身を下ろすとさく杖を銃口から差し込み、弾を発射した時に出るカスを払う。

最初から左門など眼中にはなく無視しているのだ。

煙管を咥えながら孫十三が真剣に見つめているのは自分の鉄炮で、周囲の状況などまったく関心がないようだった。

まるでそこに左門などいないかのよう。

そして、すでに運命づけられている事柄のように、静かに四朗に言った。

「死ぬ奴に教えてもな……」

四朗は頷き微笑む。

「それもそうですね」

二人には当然のことのようだった。

距離はまだ二十五間くらいあるが、誰もいない静かな夜の村ではそんな声も相手に聞こえてしまう。

孫十三たちにとってはいつものことなのかもしれないが、これから一国の主となろうと思っていた左門には、そんな言われ方には耐えられない。

「ふんっ、青二才が――」

そう叫ぶと、刀を構えて「はっ」と馬を走らせ騎馬突撃を開始した。

そこで孫十三はやっと左門の動きを見つめる。

(……遅い)

孫十三が感じたことはそれだけ……。

左門は藤一を倒した時と同じように道からすぐに畑へ飛び降り、左側から弧を描くようにして一気に突っ込んで来る。

今まで馬も休ませていたため、藤一の時よりもその速度は格段に早い。

(すぐに次の弾の用意をしていれば、よかったものを……)

左門はこの戦場経験が浅いであろう若者の愚かさを内心で笑った。

どれだけ正確に撃てたとしても、鉄炮は次の弾を込めるのには時間がかかる。

さっき弥一が必死で準備をしていたが、かなりの時間を要していた。

(二十五間であればそれが発射される前に必ず走り抜けられるわ)

左門にはその自信があった。

それに彼らは腰に刀も差しておらず、見た所どこにも槍の用意もない。

(弾込めが間に合ったとしても、その時にはもう接近戦。斬り合いになればこっちのものよ。それに優れている者が武士であり、商人などとは生まれが違うのだ)

そう思ったからこそ、左門は間髪入れずに突進したのだ。

ドドドッと素早い馬蹄を響かせ、砂煙を上げる馬が全速力で二人に迫る。

「先ほど青山様をやった時と同じ動きですね」

危機的状況にも関わらず四朗は楽しそうにそれを見つめていた。

孫十三の方はというと、ぷはぁと煙管を赤くする。

「見れば分かる」

そして、四朗に向かって手をすっと出した。

「早合《はやごう》、近《きん》」

「はい、すでに用意してございます」

次に孫十三が何を言うか分かっていたかのように、赤い紙に包まれた小指くらいの筒状の物を、すっと四朗は手に置いた。

それを馬上から見る左門は叫んだ。

「弾込めなど今から間に合うものかよ」

急接近する左門の声は、もうかなり近くから聞こえる。

馬の足音はすべての声を掻き消さんばかりに周囲にこだました。

その時、孫十三は四朗から受け取った早合と呼ばれた赤い包みの封を、口に咥えて歯で先端を断ち切る。そして、その中身を素早く銃口から叩き込んだ。

最初に黒い上薬が入り込んで火皿まで達し、最後に輝く丸い銀の弾が中へと落ちる。

最後に台尻を手でやさしく二度叩く。

この間、息を二度吸して吐く程度。ほぼ一瞬の出来事。

その仕草は誰よりも早かった。

左門は、見慣れない道具を使って弾込めを終えたのを見て一瞬怯んだが、もうすでに二人の距離は十間を切っていた。

それに左門には藤一を倒した時に使った手がある。

左門は鞍を左手で持ちながらぶら下がり馬を盾にして接近するのだった。

こうすれば弾に当たることはない。

(勝ったな)

左門は余裕の笑みを浮かべる。

孫十三から見ると左門はまったく見えず、馬だけが突進してくるように見える。

それでも、表情を変えることなく孫十三は銃床を脇に挟み、すっと狙いを定めて火蓋を切った。

左門の馬が畑から街道にその両足をのせた瞬間、孫十三は引き金にそっと触れた。

ズダ――――ン。

馬はひと鳴きもすることはなかった。

爆音と同時に前足から崩れるようにして、孫十三の前にその大きな体を横たえる。

体と地面が激しく擦《こす》れ、ザザーと大きな音が起こった。

「ぬぅ」

左門は倒れる馬の横にぶら下がっていたため、馬の下敷きとなってしまったのだ。

持っていた抜身の刀も馬が倒れた時の衝撃で、どこかへ吹き飛んでしまった。

見ると馬の額の真ん中には弥一や五平と同じように丸い穴が開けられており、すでにまったく息をしていなかった。孫十三は左門ではなく馬の頭を撃ったのだ。人でも馬でも体とは違って頭へ弾が飛び込んでしまえば、指一本動かす事はできない。

「くっ、苦しい……」

百二十貫（約五百キロ）はあろう馬に押し掛かられれば、どんな屈強な男でも簡単には逃れる術《すべ》はない。左門も必死で両手足を動かしてもがくが、逃れることは不可能であった。

（こんなところで終わってたまるか！）

まだ目に覇気が残る左門は、ゆっくりと近づいてくる孫十三を睨みつけた。

「ちっ、ちきしょう。俺ではなく馬の頭を撃つとは、この卑怯者め！」

並んで歩く四朗は変わらぬ笑みを浮かべながら、早合をもう一つ孫十三に手渡す。

「孫十三様。こちらの方が卑怯だとおっしゃられていますが」

肩から力を抜いた孫十三は、小さなため息をついて左門の目を見た。

「……卑怯？」

馬に押し掛かられている左門の横に立った孫十三は、凍りつきそうな目線で見下ろした。

自分よりもはるかに若い男の表情に、左門はぞっとして恐怖を感じる。

そのまま見つめられれば命乞いをしてしまいそうだった。

その恐怖に打ち勝つべく、左門は相手の非を早口でまくしたてた。

「ぶっ、武士なら馬など撃たずに人を撃つのが道理であろう。そっ、そもそも、刀や槍ではなく飛び道具である鉄炮を使っているだけでも卑怯なくせに！　だいたいなぁ――」

その言葉を四朗が遮った。

「あなた方は戦い方であれが卑怯、これが卑怯とおっしゃいますが……。庶民にとっては、ただ単に武士の家に生まれただけで、支配して搾取しようとなさるあなたたちのような存在そのものが卑怯なのではありませんか？」

「きっ、貴様は何を言っている!?」

突然「武士そのものが卑怯ではないか」問われた左門は、思わずすっとんきょうな声を発してしまった。

「死んでいく者に無駄話をするな」

その横で孫十三は冷静に射撃の準備を続ける。

再び早合を歯で切り、すっと中身を銃に入れて台尻を手でまた二度叩いた。

「そ、それを使ったからあんなに早く撃てたのか？」

孫十三は何も答えない。

「これは早合といいまして、あらかじめ計量しておきました火薬と弾丸をひとまとめにしたものです。銃身を立てて銃口から勢い良く入れ込みますと、銃身奥から口薬も火皿にまで回り込み、そこで台尻を叩きますと弾丸が火薬を圧縮してくれまして、さく杖を使ったのと同じ効果があるのです」

四朗の言い方は、左門がお客様でこれから早合を売りつけるような言い方だ。

「だから……無駄だと言っているだろう」

「そうですね」

四朗は孫十三に向かって静かに微笑んだ。

孫十三はゆっくりと鉄炮を馬と地面に挟まれた左門の顔に向ける。

その時、左門には孫十三の鉄炮がはっきりと見える。

それは今まで左門が見てきたものとは何もかもが違っていた。

銃身は普通の物よりは長く四尺はありそうで、台尻が従来の物は丸まっているのに対して三角形に近い形をしていた。銃身は鍛え抜かれた鋼《はがね》で作られた刀のような重厚な輝きを見せ、それを支える台木には、南蛮細工でみるような金の装飾があしらわれている。

左門は銃口を向けられていたが、その鉄炮のあまりの出来に一瞬「美しい」と見惚れてしまったくらいだ。

孫十三は左門の眉間に、銃口の跡がつきそうなくらいギリッとねじりつけた。

そして、ついに死期を悟った左門は最後の手段に出た。

「おっ、おい。たっ、助けてくれ。銭ならすべてやる」

命乞いをする左門は首を左右に振るが、孫十三は咽元《のどもと》にガッと足を置いて動きを止め、見下ろしながら言った。

「半刻前にそう思え」

「ま、まさか⁉　やた——」

左門の最後の言葉はそれになった。

ズダ————ン。

暗闇に短く銃声が響き、それに驚いた蛙が一瞬だけ鳴きやみ、辺りは静寂に包まれた。

チャリン……チャリン……チャリン。

しばらくすると銭の音が六つした。

◇

「ありがとうございました。八咫烏様によろしくお伝えくださいませ！」

彦兵衛はおゆきと並んで四朗に頭を下げていた。

「はい。八咫烏様はそれがお仕事でございますから……。それとこちらは相手の方が持ち去っていかれた銭でございます」

四朗は、いったん彦兵衛に左門に盗られた銭五十一貫と四百二十六文を返した。

中身を確認してすべて揃っていたことを確認した彦兵衛は、そこからは銭一貫文と四百二十六文を抜き、残りは四朗へと渡した。

四朗はそれをきっちりと数えてから馬に積む。

その細い体のどこにそんな力があるのか、四朗はその作業を軽々とやってのける。

金額に納得した四朗は、用済みとなった押書をぱたぱたと織り込み、小さくすると、すき間に彦兵衛の親指を切った時に使った鋭い刃物を刺し込み、すっと横へ動かした。

押書は一瞬で親指ほどの大きさの紙片の山と変わる。

そこで四朗がゆっくり右手を開くと、紙は風にさらわれ、紙吹雪となって消えていった。

こんな大量の銭を一気には運べないだろうと心配する彦兵衛をよそに、四朗の馬はこういったことに強い馬を選んでいるのでまったく問題はなかった。

現金なもので、娘が助かってしまえば、たったの半刻で今まで溜め込んできた財産を一気にもっていかれるという現実が迫って来るばかりだ。彦兵衛はがっくりと老《ふ》けこんでいた。

できれば少し値切りたいと思っていた。

しかし、四朗に抱かれて泣きながら戻ってきたおゆきの前で、そんなことは言えなかった。

孫十三も側にいたが、彦兵衛ともおゆきともまったく話をしない。

ただ、美濃へ向けて馬頭をめぐらせ、煙管を赤く灯しているだけ。

左門の隠れ家からおゆきを助け出し、ちゃんと替えの小袖を着せて、泣きじゃくるのをなだめたのは四朗であった。

この二人のあまりの手際の良さに、彦兵衛は左門と孫十三らが仲間だったのではないかと疑ったが、おゆきからの話ではあの三人の盗賊はみんな死んだと聞く。

しかし、どうやってあの三人が死んだのかは、おゆきもさっぱり分からないとのことだった。

（だったら……、グルではないのか……？）

彦兵衛がそんな思案をしている間に、四朗はすべての支度を終えた。

「では、また何かありましたら」

四朗はまるで薬でも売った後のように爽やかにそう言い、丁寧に頭を下げて馬の手綱を引いた。

「しっ、四朗様っ、また、いらしてくださいね」

自分を助けてくれた命の恩人は四朗だと思っているおゆきは、涙を流し、小袖の袖を手で押さえながら必死に手を振る。

その顔は真っ赤になっており、彦兵衛が見ただけでも恋に落ちたことが分かる。

彦兵衛は、「困ったものだ……」と言わんばかりに首を横に振った。

四朗はニコニコと笑いながら一度だけ手を振り返すと、街道の少し先で待っていた孫十三の横へと歩いて行く。

「今回の四朗の取り分は銭五十貫文だが、それをどうする？」

二人が仕事をした時の報酬は折半と自然に決まっていた。だから、今回もそう聞いたのだ。

「それは決まっておりましょう」

四朗は少し頬を赤らめて微笑んだ。

「……そうだな……」

孫十三は一歩馬を進めると、また、すぐに不機嫌になる。

「腹が減った」

後ろからはおゆきが「四朗様――」と、まだ必死に叫んでいるが四朗は振り返らない。

ただ孫十三だけを見て、いつも通りの笑顔で話しかける。

「今日はもう川を渡ることができませんので、その手前で宿を探すといたしましょう」

「だから……田舎の川魚など、俺はいらん」

「先ほど、おゆきさんに聞いた話では、この辺りは山菜もおいしいそうですよ」

孫十三はまた舌打ちをした。

「どうして、俺が草など食わなくてならんのだ」

「山菜と草は違いますよ。孫十三様」

「同じだ」

孫十三は、ふんっと不満そうに鼻を鳴らした。

月の出ていない星空の下を、二人は並んで街道を歩んでいった。

弐

聖女カタリナ

翌朝。

すがすがしく晴れ渡り、気持ちのいい空がどこまでも広がっていた。

二人は木曾川を船で渡り、尾張から美濃を過ぎ、近江へ入った。そして、さらに琵琶湖に沿った街道を南下して山城国の山奥へ馬を進めていた。二人は山城と摂津国《せっつのくに》の間にあるとある村を目指していたのだ。街道からは大和国《やまとのくに》との境にある葛城《かつらぎ》の山々が青々と見えていた。

上りも下りも困難な山が両側にそびえる狭隘《きょうあい》な道を進むと、その先にはたくさんの家が寄り添うように建っている。このような山奥には似つかわしくない大きな集落がそこにはあった。

集落には周りを囲むように塀《へい》と堀がめぐらされ、入口には物見櫓《ものみやぐら》のあるしっかりした門が築かれていた。

櫓にも塀にも三角や四角の小窓が開いている。この小窓は戦いとなったら鉄炮を出す狭間《さま》であった。

こうなると、もはや単なる集落というより、堅牢な要塞だった。

櫓では農民と思われる者が見張りをしており、孫十三たちに向かって頭を下げるが、すぐに体の向きを変え、村の一番奥に向かって膝を折り、両手を合わせて祈り始めた。

二人はそんな櫓の下をくぐって村の中へと入っていく。

農民の目線の先には丘があり、そこには簡素だが厳粛な雰囲気を持つ木造の建物が建っているのが見える。

孫十三は、すっと顔を上げて丘を見つめた。

「今日はミサか」

四朗は馬を引きながら辺りを見回す。

「どの家にも誰もいませんから、きっとそうですね」

孫十三は、馬に乗ったまま丘へと向かった。

「また、人が増えたな」

「はい。かなり山の近くまで家が建っています。それに囲みも広げたようですね」

前回訪れた時と比べても、わずかな間に驚くほど人が増えている。村の急速な変化は、村の民ではない二人には驚きだった。


聖歌が遠くから聞こえてくる。

遠くまで響く美しい声に耳を傾けながら、両側にびっしりと家が並ぶ上り坂をゆっくりと歩く。どの家も新しく、作られたばかりのようだ。しかも、同じような大きさの家が並んでいる。

狭い土地にたくさんの者が住めるようにとのことだろうか、その家の多くが二階建てで南蛮建築の趣向が入っているようだった。「神の前においては皆平等」という言葉を体現した造りのようにも見えた……。

その集落の一番奥には、礼拝堂と思われる建物があった。

こぢんまりとしたその平屋建ての建物は魚の鱗のように、小さな板を少しずつ重ねるようにして外壁が作られており、屋根には小さな十字架が載せられている。

周辺には、建物に入れずに溢れている人々が見えた。

皆一様に前を向き一番奥にある祭壇の前に立っている白いベールの女の話に聴き入っている。

いや、聴きほれていた。

そこに集まるすべての者は、熱を帯びたように頬を赤らめ、目を潤ませている。

女の透き通る声には人を惹き付けて止まぬ魅力があり、意味は分からずとも、耳を傾けていると、とても気持ちが安らかになるという。


この村はこの女が作ったとも言える。

最初は興味本位でやって来た者が数人だけであったが、すぐに女の話に魅了されてしまい、あっという間に噂は広がり、礼拝へ参加する者が増えていった。

いずれかの国の農民が多かったが、女の話を聴いているうちに、たまさかでなく毎日聴きたくなってしまった。そうして土地も家も捨て、信者としてこの村へ住み着いてしまったのだ。そうして日増しに人が増え、気が付けばこんな村が山間にできてしまったという。

孫十三と四朗は馬を降り、その近くにあった馬留めに手綱を巻いた。

四朗は、礼拝堂の中にいる村人たちを横目で見ながら、銭の箱をたくさん積んだ馬を引いて礼拝堂の裏手で荷を解《と》き、その箱を一つ一つ降ろし始めた。銭百貫ともなるとかなりの重さになるので、十貫ずつに分けて裏口へ置く。

孫十三はそんな四朗をまったく手伝うこともなく、ただぼんやりと裏庭から見える村を見下ろし、煙管を赤く光らせる。

そして、四朗がすべての荷物を下ろし終え、孫十三が一服吸い終わった時だった。

「カタリナ様、ありがとうございます」

突然、礼拝堂の方から一人の男の声が聞こえた。

それに続くようにして『カタリナ様～』と何度も叫ぶ老若男女の声が飛び交い、やがてその声はすべてが合わさり、村中に合唱のように響いていった。

「今日のミサは終わったか……」

孫十三は、振り返って裏口に近づいていく。

「そのようですね」

四朗は孫十三から少し離れて後ろに続いた。

村を作りあげてしまうほど、人々の心をとらえて離さないその女の名は『カタリナ』と言う。

集まっていた民は口々にカタリナのことを「神様だわ」「ありがたい」などと褒めちぎりながら、ゆっくりと礼拝堂を出て行く。

ある老婆は肩を震わせて涙を流し、ある少女は感動のあまり体の震えが収まらず、自分自身を抱くようにして歩いている。礼拝堂を出て行く者のすべてが、カタリナの声を聞いて心を震わせ、胸を熱くして帰途につくのだった。

やがて礼拝堂にはカタリナと、仕事を手伝う同じような黒い服を着た少女たちだけが残った。

カタリナは清楚な小袖を身にまとい、髪を隠すように白いベールで覆って、後ろに垂らしていた。顔は透き通るように白く、三角の細い顎に向かって高く細い鼻筋が顔の中央を通る。

優美な体は質素な装いをもってしても隠すことはできず、むしろ魅力を引き立てていた。

「……後をお願い」

カタリナが微笑みかけると、周りの少女たちは頬を赤らめて「はい」と頭を下げた。

祭壇の横を足早に通り抜け、カタリナは裏の扉を開いた。

そこには、片膝を地面につけて頭を下げる孫十三がいる。

「しばらくでした。……カタリナ様」

「十三《じゅうぞう》……」

胸の十字架に手をあてたままゆっくりと近づいたカタリナは静かに目線を下げると、すっと差し出した右手を孫十三の頭に載せ、静かに祝福を与えた。

もちろん彼女の元の名はカタリナではない。

彼女は過去を捨て洗礼を受け、古《いにし》えの殉教者である『聖カタリナ』の名をいただいたのだ。

カタリナは祝福を終えると、すぐに手を差し伸べ自分の膝に置いていた孫十三の手をつかみ立ち上がらせた。

カタリナも女としては背丈が高い方だが孫十三よりは低く、一緒に立てば頭一つ違う。

「そんな――。よそよそしくしないで十三。いつも通りに……」

「はい。……姉上」

孫十三はほんの少しだが頬を赤くしたように見えた。

カタリナはいつも弟とともにいてくれるであろう、唯一の友に目をやった。

四朗は数歩離れた場所で、孫十三と同じように膝をつき、頭を深く下げていた。

「そんなふうに跪いていないで。四朗さんも立ってください」

「はい、ありがとうございます。カタリナ様……」

四朗は顔を上げ、すっとその場に立ち上がった。

（あぁ……この方は何も変わらない）

カタリナの清楚で優しく輝く瞳を、四朗は微笑みながら見つめた。何年経ってもその魅力にはまったく陰《かげ》りがなく、むしろ輝きを増していくカタリナを眩しく思っていた。

そして、世界で最も大事な二人が目の前にいることに、四朗は心を熱くしたのだった。

「少ないですが、姉上の理想のためにお使いください」

孫十三は扉の横に山と積まれた銭の箱を手で指した。

「いつもありがとう……十三。こんなにたくさん、本当にいいのですか？」

少し心配そうな顔をしてカタリナは瞼《まぶた》を下げた。

「自分たちの分は取った後の余りですから、気にしなくて結構です」

そんな心配を吹き飛ばすかのように、孫十三はふと目を和ませ、めったに見せぬ微笑みでカタリナを見た。

「では、貿易の仕事がうまく行っているのですね？」

「はい。姉上にご紹介いただいた方を通じて得た南蛮品を日本の領主どもにさばけば、この程度の銭はいつでも手に入れることができます。その銭はすべて農民から悪どい方法で集めたもの。こうやって姉上の元で人助けに使ってもらえれば、きっと銭たちも喜ぶでしょう」

孫十三がこんなにしゃべるのはカタリナに対してだけである。

四朗にでさえ、こんなに長く言葉をつなぐことはなく、他人であればせいぜいひと言だ。

カタリナは孫十三の話を信じて聖母のような笑顔を見せる。

無論、孫十三は自分の仕事についてカタリナに話したことはない。

これは四朗との二人だけの秘密であり、その真実を知った者は必ず殺してきた。

孫十三はこのことを一生カタリナに伝える気はない。きっと、言えば仕事を辞めて欲しいと懇願されるだろうし、そんな銭なら受け取れないと言うだろうと思うからだ。

カタリナには二人で南蛮貿易をしていると伝えてある。それに完全な嘘でもない。

鉄炮の火薬は「黒色火薬」を使う。

「黒色火薬」とはそういう鉱石がある訳ではなく、硝酸カリウムと木炭と硫黄《いおう》を混ぜ合わせて作るのだ。

囲炉裏のある家にはいくらでもある木炭から精製された灰と、温泉地の卵のような臭いの原因である硫黄は日本中にいくらでもあった。しかし、問題は硝酸カリウムの塊である硝石《しょうせき》が、国内ではとれなかった。そこで、ポルトガル商人はこぞってインド産の硝石を大量に日本の商人に売りつけたのだ。

輸入される硝石のほとんどは大名に抑えられてしまうのだが、カタリナから紹介してもらったポルトガル人の商人を通じて、孫十三たちは独自に安定して硝石を得ることができていた。

孫十三たちの目的は硝石だけだったが、南蛮商人と会った時に珍しい物があれば買い、それを金のある大名や商人に売っていたので、ほんの少しではあるが、確かに貿易はしていたのだ。

カタリナが、開いていた礼拝堂の扉に目を向けた。

扉からは少女たちが飛び出して来て、両手をしっかりと膝に揃えて頭を下げる。

『神の祝福が孫十三様と四朗様にありますように……』

四人の少女は二人を神の使いとでも見るような目で見つめながら、全員で声を合わせて呟いた。

少女らに向かって四朗は笑顔を返したが、孫十三は目を合わせずそっぽを向く。

一つ十貫もある箱を彼女たちは二人がかりで重そうに持ち上げると、一つ一つ丁寧に礼拝堂の中へと運んで行った。

少女たちの姿をやさしい視線で追いながらカタリナは言う。

「少しはゆっくりしていけるのでしょう?」

「えぇ、一晩くらいは……」

孫十三は静かに答える。

「じゃあ二人とも中へお入りなさい」

カタリナはそう誘ったが、四朗は首を横に振った。

「わたくしは荷を鍛冶場へ置いて参ります」

「では、早く来るのですよ」

「はい。カタリナ様」

馬を引きながら、四朗はすぐ近くの小屋へ向かって歩いて行った。

その小さい小屋には高い場所にしか窓はなく、壁はかなり分厚くできていた。

入口は何人たりとも入ることができないように、太い木でかんぬきがされている。

その太いかんぬきにぐるぐる巻きにされている鎖についた頑丈そうな錠前に、四朗は首に下げていた鍵を刺し、何やら複雑に手を動かしてカチャリと開く。

そして、馬から道具箱や残った銭の箱を降ろすと中へ消えた。

四朗のそんな姿を見届けた二人は入口で履き物を脱ぎ、教会に上がった。

教会の建物は皆が祈りを捧げる礼拝堂が一番広く正面にあるが、その裏にはカタリナのいる院長室や、先ほどの少女たちが寝起きする部屋がある。

二人は院長室へと入った。

そこはとても不思議な部屋だった。床《ゆか》には畳が敷かれているが、その真ん中には南蛮の机があり、その机を取り囲むようにして四つの椅子が並べられていた。

孫十三は子供の頃から南蛮の物に触れる機会があったので、このような物を見てもあまり驚かないが、村の者には物珍しく、全員が一度は見に来るそうだ。

「お水でも……」

カタリナが溜めておいたカメに水を取りに行こうとすると、孫十三はそれを止めた。

「姉上。葡萄酒を飲みませんか？　先日の商いで南蛮より手に入れました」

孫十三は懐から出した深い緑色のギヤマンの瓶を台の上に置いた。

「葡萄酒ですか……」

カタリナは聞き返したが、それを知らない訳ではない。

宣教師は皆これを飲んでおり、自分も何度か口にしたことがあったからだ。

孫十三は白く小さな盃を取り出すと、カタリナの前と自分の前、そして、そのうち来るであろう四朗の席に置いた。

「葡萄酒は神の血ですよ、姉上」

孫十三がそう言ったことで、カタリナの緊張が少し解けた。

葡萄酒は神に捧げる物と旧約聖書にも出てくる。そのためキリスト教の儀式では、パンと葡萄酒を使う。その際に、パンは神の体であり、葡萄酒は神の血なのだ。

「本当に少しだけですよ。酒に溺れてならないと戒められていますから……」

「分かっております」

葡萄酒の栓は瓶の中へ落ちており、ちょっと触ったくらいでは抜くことは難しい。

そこで孫十三は左手で瓶を持つと、目にも止まらぬ早さで右手の袖を瓶の先端部分に当てた。

すると「キンッ！」と美しい音がして、口から一寸くらいの所までが何かの道具で切断したように鋭利に切れていた。そして瓶の首を摑むと中に入っていた栓ごと引き抜き、瓶を傾け、盃へと注いだ。

四朗の分の空の盃にも、なみなみと注いでやる。

短く神に感謝すると孫十三はぐびりと一気に煽《あお》り、カタリナは薄く盃に唇をのせ、少しだけ飲んだ。

「変わった味だな」

簡単な感想を孫十三は漏らした。

「……これは神父様にいただいた時と同じ……」

頬をすっと赤らめたカタリナは、思い出深そうにそう呟いた。

二人は葡萄酒を少しずつ飲んで四朗を待った。

「あれからもう二年もたつのね……」

「……えぇ……姉上」

春の日差しを受け、気持ちいい風が吹き抜けていく谷間を窓から眺めながら、二人は少し昔の事を思いだした。

◇

孫十三とカタリナは血の繋がった姉弟《きょうだい》ではない。

カタリナの父は日笠新左衛門《ひがさしんざえもん》という雑賀《さいか》の者だが、孫十三の父は熊野《くまの》の者だった。孫十三は、ある習わしに従い日笠の家に預けられたのである。

紀州は早くより「京の支配を受けぬ土地」と言われ、その西海岸の入口にあった雑賀と東の入口を守る熊野とは深い付き合いがあった。

カタリナの洗礼を受ける前の名は「菊《きく》」と言った。日笠新左衛門は雑賀衆の中でも大きな土地を有していたことから、小さい頃は菊姫と言われて育った。

しかし、菊の母はもう一人の女の子を産み、当人は産後の肥立《ひだ》ちが悪くて死んでしまった。

妻が死んでしまったからと言って新左衛門は、残された子どもだけを大事に育てるという訳にもいかない。

日笠の家にはこのような場合には「熊野から養子をもらえ」との習わしがあった。

これは、外との交流の少ない両地域に生まれた独特の風習だった。

そのため熊野と雑賀は、遠く親戚同士と言えた。

そして、カタリナの妹として生まれた女児は熊野へ行き、代わりにまだ赤ん坊だった男児が『孫十三』と名付けられて雑賀へやってきた。

熊野にいた孫十三の母の名は「妙《たえ》」と言った。

妙は南国女性によく見られる大きな瞳に丸い顔と豊かな胸を持った女性で、熊野の人々から「種子島の姫」と慕われた。そんな妙に熊野の長の息子が惚れるのに時間はかからなかった。

やがて結婚して一年程すると男児が生まれた。

熊野と雑賀の習わしなど知らない種子島出身の女である妙は、自分の子を雑賀へ差し出すことにかなり抵抗したが、村の長の嫁として、最後は泣く泣く受け入れたようだった。

熊野からの使いは、男児を新左衛門に渡す時「この子の名は『孫十三』と決まっておる。熊野に生まれ雑賀の子となるのだからな」と言った。

これが古えの習わしに従い付けられた名前なのだと、少し大きくなってから孫十三は聞かされた。

赤ん坊だった孫十三の胸には、小さなあざのようなものがあった。

「これは自然にできたものではないな」

それを見た新左衛門は呟いた。

見る者によって「何かの漢字であろう」とも「地図を示しておる」とも言われたが、孫十三自身は「三本の足を持つ伝説の鴉『八咫烏』が羽根を広げているようだ」と言われたのが気に入っていた。

そんな孫十三が雑賀にやってきた時、菊と呼ばれていたカタリナは、まだ三歳だった。二人には血の繋がりはなかったが、菊の父である新左衛門が分け隔てなく育てたことで、本当の姉弟のように育ち、「姉上」「十三」と仲良く呼び合う関係だった。

雑賀の里では勤勉者として知られた菊の父・新左衛門は、母のない二人を不憫に思い、できるだけ多くのことを教えてやりたいと、数多くの書物を与えた。

菊はそのような環境に影響を受け、知識を得ることに貪欲となった。小さい頃から寺の住職などに大人でも分からぬ難問を次々と尋ね、書物を漁り、学ぶようになる。

一方、孫十三は、勉強をあまり好まなかった。

だが、どんな質問にも答えてくれる姉の菊から話を聞くことが好きだった。

そして、何よりも孫十三を魅了するものが、雑賀にはあった。

鉄炮である。

雑賀衆の有力者だった新左衛門も鉄炮は早くから手にしていた。

家の庭先で父が撃つ鉄炮に興味を持ち、力がついてくると孫十三が撃つようになったのもごく自然な流れだった。

種子島の母の血か熊野にいる父の才なのか、鉄炮を握ったその時から、孫十三の天性の才は開花した。

周囲には鉄炮上手が多数おり、近隣には鉄炮鍛冶が仕事をしていたため、その才を伸ばすための師匠を求めることは容易だった。孫十三は次々と師匠となる人を見つけては学び、数週間もするとこれを凌駕した。そんなことを繰り返すうちに、あっという間に鉄炮の腕は上達し、十二歳になる頃には雑賀では孫十三を凌《しの》ぐ者は誰もいなくなってしまい、雑賀一の鉄炮上手と呼ばれた。

孫十三は離れた岸から海に浮かべた釣り舟の揺れる竿の先に弾を当て、夜空を飛ぶ小さな蛍を射抜くことができた。その腕は誰よりも正確で素早かったが、上手になればなるほど孫十三の不満が溜まっていく。

大きな不満は二つあった。

一つは「鉄炮の性能が腕についてこない」ということだった。

いくら孫十三が腕を鍛えても、鉄炮の筒と丸い弾との間にある僅かなすき間が悪さをする。どんなに良いと言われるものでも、標的からの距離が遠くなるにつれ軌道がわずかに反れ、的を外してしまうのだった。弾の大きさも火薬も毎回一定ではないため、いくら鍛えても二十五間を越える辺りで限界がくる。

孫十三は腕のいい鍛冶が新しい鉄炮を作ったと聞けばそこを訪ね、試しに撃たせてもらったが、どれを撃っても満足することはなかった。

落胆する日々が続いた。

突然現れた新兵器である鉄炮は、作れば高い値段で売れる大変な人気の品である。どこの鍛冶でも一つでも多く作って売ろうと、作りやすい形にして大量生産をしたのだが、それでは孫十三の望むような鉄炮は生まれて来ない。

しかも孫十三が望む高性能な鉄炮を使いこなせる者などほとんどいないのだから、それを必要とする者も少ない。

つまりそんな鉄炮は商売にならないのだ。

そして、もう一つの不満は「鉄炮を使う意味を持てない」ことだった。

十三で元服して何度か雑賀衆として戦場にも出たが、射程距離の短い鉄炮はまだ戦場の主役とはなりきれず、勝つことも負けることもあった。

それに、孫十三は雑賀の者では一番の鉄炮上手だが、熊野からの養子というところに、皆はわだかまりを感じていた。赤ん坊の頃より雑賀の者として育ち、熊野のことなど何も知らない孫十三だったが、熊野の生まれという事実は努力では払拭されることがない。

いじめられた訳ではないが、必死の戦いが終わった後に皆との一体感はなく「所詮はよそ者ではないか」との視線を感じるのだった。

そんな戦いを何度か乗り越えて来た孫十三は、ふと空しくなったのだ。

（何のために命をかけているんだ……）

せめて雑賀へ敵が攻めてくるのを守るなら分かる。しかし、やっている事は小さな領地の奪い合いばかりで、一時的に占領できたとしても、別の勢力がまたそこを奪いにやってくる。この繰り返しで、この世はまったく変わることはなく、争いはなくならない。

（俺たちは自ら地獄を作っているのか……）

そんな思いが胸に去来し、十四歳のある日、姉の菊にだけ短い書き置きを残して一挺の鉄炮と弾と火薬、そして銭三百文を父からくすね、夜に紛れて村を抜けた。

何か目的があった訳ではない。満たされない思いを埋めてくれるものが外の世界にあると思いたかった。

しかし、外の世界でも同じような光景が広がっているだけだった。

紀州から摂津を通り京へ上がったが、都は応仁の乱以降、幾度も戦乱に巻き込まれ、荒れ果ててしまっていた。

働かなくては銭がもらえないが、今まで孫十三は仕事などしたことがない。できることと言えば銃をうまく撃つことしかなかった。

そこで、孫十三は一時的に戦力が必要になる武将を手伝うことにした。

故郷を離れて戦を続ける軍勢では、病気やけがで自然に人が減っていくことがあり、現地の牢人を急遽、銭で雇うことがあった。

珍しい鉄炮を自ら持っていた孫十三は重宝がられ、そんな連中から報酬をもらっては日々暮らしていたのだった。

銭次第で敵にも味方にもなる……。酷い仕事ではあるが、法も秩序ない地獄のような世界ではこれも至極真っ当だった。

最初は少ない報酬だった。単なる十四の若者と見られていたからだ。ところが、重要な局面での狙い撃ちは戦の勝利に大きく貢献し、一人、二人と殺していくごとに噂は広まっていった。

戦の度に報酬は跳ね上がり、孫十三の生活は楽になっていった。

しかし、孫十三は銭を得てよい暮らしをしたい訳ではない。銭を貯めながら違う世界を求めて旅を続けたいだけであった。

そんな思いなど関係なくその名は知れ渡り、余計な弊害を生むようになった。

集団での戦なら誰が誰を殺したかなど分かりはしない。しかし、その戦績が有名になったことで「あの騎馬武者を撃ったのは孫十三だ」との噂が、次第に広まっていった。

恨みとは不思議なもので、相手が不特定多数だと大きくはならないが、殺した者が一個人だとはっきりすると一気に燃え上がる。

一人殺せば仇が生まれる、という訳だ。

京の町を焼き払い、人を殺して追剥《おいはぎ》を行い、女を見つければ手篭めにするような奴らにも家族がおり仲間がいる。世間から見れば迷惑な人間でも、妻や子やからすれば今日の糧《かて》を運んで来てくれる良き夫であり父だったのだ。

突如それらを殺された者たちの恨みは、孫十三へと向けられる。

それは追手として背後に迫り、落ち着いて寝ることさえも難しくなっていく。

やがて、京の周囲では仕事をしづらくなってきた孫十三は、ほとぼりが冷めるまで雲隠れすることとし、東隣りの国、近江へと移ったのだ。

そんな時、自分の鉄炮を見ると、たび重なる戦での使い過ぎによってガタがきていた。

孫十三は鉄炮の整備を行うべく、琵琶湖の東側、鉄炮鍛冶の多く集まる国友村へと足を向けた。

国友では早くから鉄炮作りが行われており、鉄炮の生産拠点としてすでに有名なところだった。

というのも、将軍足利義晴《あしかがよしはる》が、ポルトガルから献上された鉄炮を国友の者に貸し与え、国産化を命じたことに由来する。

当初、国友では種子島からの情報がまったくないまま国産化を進めたが、それでも僅か六カ月で二挺を完成させて、天文《てんぶん》十三年（一五四四）八月には義晴に献上したという。

◇

国友は村全体に鉄の匂いが漂っていた。

すべての家が鍛冶と言ってもいいだろう。さすが、鉄炮鍛冶が集まる日本一の村と呼ばれるだけのことはある。

村の横には砂鉄を含む大きな砂山があり、そこから鉄を取り出す者、叩いて鋼とする者、鋼を鉄炮や刀とする者と分業されており、効率よく武器が作られていた。

雑賀でも鉄炮は作られていたが、これ程の規模ではなかった。

若い孫十三はそんな作業を興味津々で見ながら歩いた。村を囲む両側の家からは鋼を鍛える音が聞こえ、熱い鉄を水に入れると生まれる独特の匂いが漂っていた。

普通の者なら嫌がるかもしれないが、孫十三としては懐かしい感じがする。

特にここ数カ月、血生臭い場所にいた事もあって、むしろ心地よく思うのだった。

（ここでなら……）

孫十三は自分の腕に合う鉄炮があるのではと期待し、気になった鍛冶の工房に入ってはその仕事を見たのだが、やはりここでも同じだった。

雑賀よりも近江は戦乱となっている地域に近く、新兵器である鉄炮を量産するという依頼は次から次へと入ってきた。

最も多くの鉄炮を発注しているのは尾張の若い領主・織田信長からとの事だった。安くなったとは言え一挺銭千二百文もするというのに、信長はあっさり五百挺などという、とんでもない量を注文していた。

信長からの注文される鉄炮は性能的には大した物ではないが、照準の改良や、持ちやすくして重心を真ん中へ移動させた台木の形状で、初心者でも扱いやすいようにと改良がなされていた。

（間抜けだな……）

しかし孫十三にとっては、そうとしか感じられないレベルの代物だった。

国友でも、やはり適度な性能の鉄炮を大量に揃えることが中心の仕組みとなっており、信長が注文していた鉄炮も悪くはなかったが、所詮は孫十三が望む物ではなかった。

（俺が望むような鉄炮はこの世にないのか……？）

国友でも理想の鉄炮を発見できなかっただけに、孫十三の心は荒《すさ》んだ。

一日中村を歩きまわっていたので、日はすっかり傾いていた。

（今日はここで宿を探さねばなるまい……）

夕日を見上げながらそんな心配をする。

国友は鍛冶職人ばかりの村で、こんな場所に旅の者などほとんどやってこない。ゆえに商いで宿をやっている者などいない。晴れていれば野宿でもよかったのだが、空を見ているとどうも明日の朝には天気が崩れそうに思えた。

そこで、孫十三は最後に訪ねた鍛冶の茂平《もへい》に聞いた。

「泊めてもらえるような家はあるか？」

すると、茂平は「宿はねぇなぁ」と一時《いっとき》悩んだ後、はたと手を打ち、村の奥を指差した。

「一番奥の試射場の近くの家に若いのが一人で住んでおる。あいつならどうせ暇だろうし、家は広いから一日くらいなら泊めてくれるじゃろ。あんたと歳も近いし、話も合うんじゃねえか？」

と、少し笑いを込めて言った。

「分かった」

その笑いの意味はよく分からなかったが、他に手だてもないので行ってみることにした。

孫十三は、最初に村に入った時に見えた砂鉄を含む砂山の方へと歩いた。

そこは村の奥にあたり背後には山が迫っている。こういった土地では平地が少なく、いい場所には住居を建てているため、余った場所は材料置き場となることが多い。

「さすが国友」

孫十三はそう感じた。

鉄炮は出荷する前に必ず撃つ。

一日何挺もの鉄炮を作り上げる国友には、材料置き場の横に巨大な試射場があったのだ。

もちろん雑賀にもあったが、孫十三はその規模に驚いた。約二十五間先の山肌は、幅二百間に渡って草木も生えぬくらいに赤土が露出している。これは壮絶な数の鉄炮がここで毎日試射されていることを物語っていた。

時は夕刻。皆、そろそろ飯を食う時間のため試射場に人気はない。

しかし、試射場の左端に、確かに自分と同じような歳の者が地面にしゃがみ込みながら鉄炮を触っているのが見える。

長い手足で何かしら作業をしながら、大きな背中を丸めているその姿は、蜘蛛《クモ》のような怪しさだ。

（大丈夫なのか……）

すぐ後ろまで近づいたが、この男は自分の手元が気になったままで孫十三には気がつかない。それだけ集中しているのだ。

そこで、上から何を触っているのかと覗きこむと、そこで古くなった鉄炮をバラバラにして銃身から中の様子を覗き、墨でその様子を紙に描いている。

（こいつは馬鹿なのか？）

紹介した茂平に小さな怒りを感じたが「どうせたった一日のこと」と思い、今日の寝床を提供してくれるだけの相手を深く詮索する気はなかった。

未だに気付かない相手に向かって、孫十三は高圧的な態度で聞いた。

「一晩泊めてくれ。銭五十文だ」

もともと頭を下げたり愛想良く頼むのは苦手である。

一家で食べる一日分の米が二十五文で買えるのだ。その二倍の銭を払うと先に言えば、たいがい相手の方から喜んで頭を下げてくれる。だから、いつもこうしてきた。

ゆっくりと振り返ったその男は死人のような白い顔で無表情だった。

目が合うと、ふらりとまるで幽霊のように立ち上がる。

（俺より大きい）

透き通るような白い顔と奥まった目も気になる。

無精髭《ぶしょうひげ》が顎や口元に生え、髪は黒色火薬を作る時に出る灰や硫黄にまみれ、埃っぽくなっている。髪を結う気はまったくないらしく、生えるがままに任せた癖のある長い髪を紐でまとめていただけだった。着物もあちこちが擦り切れている。

国友だから不審に思われないのかもしれないが、京だったら物もらいの風体だ。

（いくら国友といえ、これは……）

孫十三が最も呆れたのは、髪を結う紐が火縄であった事だった。

髪を縛るような物なら他にもあるだろうと思ったのだ。しかも、しっかりとは結ばず巻きつけてあると言った方が適当である。

疲れた顔をした男はその鋭い眼光で、孫十三の体を舐め回すように見つめると大きなため息を一つ「はぁ」とついた。

「金持ちの道楽？」

男は、いきなりぞんざいな口ぶりをきく。

立ち姿から発せられる孫十三の育ちの良さが、この男にはそう見えたのかもしれない。

その言葉は孫十三の心を荒立たせた。

確かに育ちは良いが、育ちの良い奴ほどそう言われるとよく怒りだすものだ。

「俺は雑賀一の鉄炮上手だ」

孫十三は胸を張りボロをまとう、ひょろながい男に向かって言った。

男は無表情のまま、すっと試射場の的が並ぶ山肌を指差した。

「ではあそこにある宋銭《そうせん》を撃ってみよ。できれば何日でもタダで泊めてやるさ……」

そこまで言った男は一度言葉を止め、ふっと息を吐いて孫十三の目を見つめてから続けた。

「いや、一生お前のものとなって鉄炮の面倒を見てやるよ」

その言葉は完全に上からのもの言いだった。そして「お前になぞ、そんなことはできぬであろうからな」という意味が込められていた。

自分が頭を下げるのは嫌だが、上からものを言われるのは死ぬほど嫌いな孫十三である。しかも自分の鉄炮の腕を問われた。

男は孫十三を怒らせる条件をしっかり整えていたのだ。

山肌へ向かって孫十三は顔を向けた。

「宋銭?」

その鋭い目で試射場を見るが、そこには板に墨で四角の書かれた立て札しかなく、宋銭などどこにも見えない。

「そこじゃねえよ。もっと後ろの山の枝より糸で吊らしてある」

男は右腕をすっと出して、山に生えている木々を指した。

見ると、的の後ろの距離五十間はあろうかと思われる斜面には杉の木がたくさん生えており、その一番下の太い枝から糸で宋銭が吊られていて、風を受けてくるりくるりと回っていた。

「宋銭はあそこに、もう何年も吊るしてあるのさ」

「どう言うことだ?」

孫十三は男の顔を見た。男は無精髭だらけの顎に手をあてる。

「鉄炮を作り始めた時に、あそこに吊ったんだ。いつかそれを撃ち落とそうとね」

男はいつか、この宋銭を揺らせるような鉄炮を作ろうと思って努力してきた。

そして、自分ではそれを射落とせる鉄炮を作ったはずなのだが、男の腕ではそれは叶わぬことだった。しかし、村の者では誰もそれをできる者はいなかった。

仕方なく男は村に名のある鉄炮上手が来る度にそれを頼んだが、何発撃っても掠《かす》る者さえいない。やがては「鉄炮が悪い」と言われる始末だった。

そもそも二十五間で人への命中率は五分の三程度しかない。鉄炮というものは距離が離れる程にどっと命中率が落ちる。五十間は「鉄炮上手」と言われる手合いでも、まず届くはずもない難しい距離なのだ。

「ふんっ」

自信たっぷりに鼻から息を抜き、布袋からいつもの自分の鉄炮を出した孫十三だったが、そこでなぜ国友へやって来たのかを思い出した。

(しまった。これでは……)

鉄炮にガタがきたからここへ来たのだ。京付近での戦いで多くの弾を撃ってきたため、かなり使い込まれていた。鉄炮は新品の方が命中率がよい。使い込めば筒の中が削れて隙間が増え、それだけ中で弾が跳ね回り安定しなくなるからだ。

この鉄炮は雑賀を出る時に父が一番大切にしていたのをくすねたもので、すこぶる調子がよかった。

だが、最近はほんの少しだがブレが出始めていたのだった。無論、そんなことを感じているのは孫十三だけで、きっと普通の者には気にならない程度なのだろうが。

そう思いながら見つめていると、男はひょいと孫十三から鉄炮を奪い取った。

(……こいつ)

孫十三は驚いた。孫十三とてこの戦国乱世をしばらく一人で生き抜いてきた男である。今まで多くの者と付き合ってきたが、自分の持っている鉄炮を手から奪われたことなどない。

それをいとも簡単にこの男はやってのけたのだ。

男はというと完全に鉄炮にしか興味はなく、くるりくるりと回しながら各部を撫でるようにして触った。

そして、今までは無表情であったのに、突如うんうんと頷きながら微笑む。

「お前は少し疲れているようだな。そうか……七十七発も撃ったのかい……」

(本物の馬鹿か?)

孫十三がそう思うのも分からなくもない。男は不気味にも鉄炮に向かって話しかけているのだ。

だが、一つ驚いたことに孫十三でもこの鉄炮で何発撃ったのかなど覚えていないが、確かに七十から八十の間であったと思われた。

「何を言っている?」

だが、男は何も答えずに鉄炮との会話を続ける。

「そうか……でも、優しくはしてくれたのか……ふんふん」

男は取り上げた鉄炮を脇へそっと置くと、自分が持ってきていた新しい鉄炮を袋から取り出しすっと前に出した。

「お前は鉄炮の扱いはいいようだ。だから、これを使って撃つといい」

普通なら人の鉄炮など借りはしないが、孫十三は思わず手を出してしまった。

「あっ、あぁ」

その鉄炮からは鉄炮を撃つ者ならば触れたくなってしまうような、魔力のようなものを感じてしまったのだ。握るとそれは確信へと変わる。

(……この感覚は)

思わず声が出せなくなってしまう。

その鉄炮は銃身もそれを支える台木も真っ黒で、手元に付けられた金具までもが黒かった。

他の鉄炮とは違いズシリと来る重量感。長く延びた三角形の台尻。そして、磨き抜かれた漆黒の引き金は、そっと触れるだけで火挟みが落ちそうだった。

まるで手と一体化してしまいそうな良い鉄炮。

落ち込んでいた孫十三の顔に自然と笑みがこぼれてしまう。

「弾と火薬はこれにまとめてある」

男は紙に包んだ物を孫十三の手に置いた。

「……これは」

鉄炮に長い間携わってきた孫十三でも知らない代物だった。

「知らないのか？　これは国友では『早合』と呼ぶ物だ。これで鉄炮の発射速度は格段上がるようになる。そうすれば騎馬突撃にだって遅れはとらないはずなのに……」

その言い方は、世に認められないことに嫌気を感じているようだった。

孫十三の方は、そんな言葉には興味はなく、鉄炮と早合に心躍らせていた。

まさにこれだけで飯何杯でもいける。目を輝かせながら孫十三は何度も頷いた。

今まで鉄炮を持つ者は上薬と口薬という二種類の火薬と弾丸を持ち、しかも、発射前には上薬の入っている容器の蓋で毎回計ってから銃身に入れなくてはいけなかった。

その量を間違えれば正確には飛ばないし、多すぎれば暴発の危険もある。

そして、弾を込める動作にとても時間がかかり、鉄炮は連発するのが難しかったのだ。

しかし、これなら一度で火薬と弾を銃身に叩き込むことができる。今までに比べて格段の早さで射撃を繰り返すことができるのだ。

はやる気持ちを抑え、孫十三は早合の紙を歯で切り銃口から火薬と弾を入れ込んだ。黒色火薬もよく乾燥されており、吸い込まれるように銃身へと入っていく。

早合から最後に出て来た弾一つを見ても孫十三は心が躍る。

(なんと美しい弾だ……)

鉛を溶かして作る弾丸は大きさが少しずつ違い、形もきれいな球形にはならない。

だが、男が用意した弾は信じられない程きれいな球形で、ピカピカに光っていた。

その大きさは銃身内で引っかかることもなければ、一度底まで落ちてしまうと銃口を下にしても出てこないくらい、計られたような寸法で作られている。

孫十三をいつものように銃口の下に差してある、さく杖に手をかけようとした。

「後は台尻を地面へぶつけるだけでいい」

男にそう言われた。

であればと鉄炮を地面にぶつけようとした孫十三だったが、そのあまりの美しさにもったいなくなり、静かに台尻を二度手で叩いた。

そんな動きを、男はまた無表情となった顔で見つめている。

「試し打ちするか？　一発じゃどうせ無理だろう」

火挟みに、男から受け取った火縄を挟みながら孫十三は前だけを見て答えた。

「……一発でいい」

怒っていたからそう言ったのではない。

この鉄炮を受け取った時から孫十三の心は鏡のように平らかであり、できるような気がしたのだ。

鉄炮に魅了された孫十三にとって、約束などもうどうでもよかった。

(この鉄炮を撃ってみたい……)

今はただそう感じるだけだった。

少し後ろに立つ男は、両手をそれぞれの袖に突っ込みながら孫十三と同じ目線の先を見ていた。

太陽が山の稜線《りょうせん》にかかり、村の者がすべて家に戻るこの時間。

試射場は静寂に満ち、世界にはこの二人しかいないようだった。

孫十三は鉄炮を構えた。

男の鉄炮は台尻が長かったので生まれて初めてそれを脇に挟むが、いつもより安定していて心地よい。

するりと火蓋を切り、いつものように真っ直ぐに構えて狙いをつけ、息をすべて吐く。

そして、触れるような感覚で黒い引き金を引いた瞬間。

ズダ――――――ン。

発射音から間髪入れずに、キンと宋銭を弾く音が試射場に響き渡った。

「……当たった……ついにあれが……」

男は、まるで呼吸が止まりそうな程、途切れ途切れにそう言った。

鉄炮から目を離して孫十三が五十間先を見てみると、糸で吊られていた銭は撃ち抜かれ、銭はどこかへ吹き飛んでしまったようだった。

その時、地を這うように吹き込んで来た風が、ビュと二人の髪をなびかせた。男が適当に髪を留めていた火縄はその風で外れ、長い髪がばさりと広がる。

（……他には何も要《い》らない）

孫十三は撃った瞬間に感じた。

この鉄炮に惚れたのだ。

孫十三はあまりの心の高まりに、姉の菊くらいにしか抱いたことのない、感謝の気持ちを男に伝えようと振り返った。

「おい、お前。ありが……」

孫十三はそこで言葉を飲み込んでしまった。

それは男が片足を地面につき、頭を深く垂らしてそこに跪いていたからだ。

「ありがとうございます……本当に……本当に……ありがとうございます……」

男は肩をわなわなと震わせながら、突然大粒の涙をこぼし始めた。

嬉しかった。ただただ男は嬉しかったのだ。

このような日が来ることなど、とうの昔に諦めていた男は嬉しすぎて泣いたのだ。

「わっ、わたくしは四朗と申す者。どうか、わたくしの鉄炮を使ってやっていただけませんでしょうか？」

これが二人の出会いであった。

「うん？」

孫十三は戸惑った。自分こそこんな鉄炮を撃たせてくれた事に感謝しようと思っていたのに、そんなことを先に言われてしまったのだ。

どういう了見か、四朗は泣きながら頼み事をしている。

しかし、こうなると「こちらこそ」だの、さっき言いかけた「ありがとう」などとは言えない孫十三である。

だから不器用に微笑みながら、こう言った。


「一生俺のものになるって言ったな？」


涙を拭くことも忘れた四朗は、ぼろぼろと涙を流しながら何度も頷いた。

やがて、すっと顔を上げた四朗は困った顔をした。

「えっ、えっと……」

まだ名前を聞いていなかったのだ。それを察した孫十三は自ら名乗った。

「孫十三だ」

四朗の顔が、満面の輝きを放つ。

「はい、孫十三様！　わたくしは一生、孫十三様と共にあります」

孫十三は静かに微笑んだ。

「俺の側にいるなら髭を剃り、髪を結い、ちゃんとした着物を着ろ」

「はい、では明日からそのようにいたします」

先程までのぞんざいな口ぶりではなく、四朗は孫十三に対してこの時からこういう言葉使いとなった。

四朗に向かって今使ったばかりの漆黒の鉄炮をすっと差し出す。

「これは……いい鉄炮だ。作った男の魂がこもっている」

「……はっ……はい」

それを聞いた四朗は、ぐっと自分の手で膝をつかみ、またぽつぽつと膝に涙を落とした。

孫十三は割と短気な男である。

だが、この時ばかりは四朗が泣きやむのを静かに待ってやった。

二人を照らす夕日はゆっくりと暗くなっていった。

やがて、落ち着きを取り戻した四朗は、試射場周辺に散らばっていた鉄炮を端へと重ね、
孫十三が元から持っていた荷物を一まとめにして抱えた。

「では、汚い家ではございますが、こちらへどうぞ」

うやうやしく頭を下げた四朗は前を歩きだす。

すぐ側には小さな窓しかない大きな家があり、その屋根には高い煙突が見えた。

入口についた複雑な錠前を外してかんぬきを外し、四朗は中へと入って呼び込む。

中へ入った孫十三は少し驚いた。

家中の壁と言う壁に鉄炮が掛けられており、その数は百や二百ではきかなそうであった。

煙突の下には仕事場があって、鉄を鍛える道具が炉を囲むようにしてきれいに整頓されて置かれている。

そのすぐ横には古くなった銃身をもう一度炉に入れて柔らかくして開いた鉄板が何枚も置いてあったが、それだけは何をやっているのか見当もつかない。

「あれは何だ?」

四朗は慣れた手つきで囲炉裏に火を起こした。

「大したことではございません。よく当たった鉄炮は鋳直す前に開いてみて、なぜそうなのかと、ああやって一つ一つ銃身を調べているのです」

夕食の準備をしながら四朗は恥ずかしそうに答えた。

「……そうか」

孫十三は淡々と答えたが、心の中では驚いていた。

そんな鉄炮鍛冶には出会ったことがない。

鉄炮は作るが、使い終わった鉄炮を調べている鍛冶など雑賀にはいなかった。

「それは国友では当たり前のことなのか？」

「いえ、こんな奇怪なことをしておりますのは、わたくしだけでございます」

四朗は顔を赤くして粥の準備を始めるのを孫十三は静かに見つめた。


二人はその日から奇妙な共同生活を始める。

四朗は銭は要らないと言ったが、孫十三はきっちり毎日銭五十文を渡した。

村人はそんな二人を見て「突然、変わり者の四朗の家に、変わり者の主人がやって来たらしい」と噂する。

旅の者がやってきたら普通は家主が偉そうにしているものだが、四朗は従者のように孫十三につき従った。いつも数歩後ろを歩き、名前を呼ぶ時は必ず「様」をつける。

それを孫十三が強要した訳ではなかったし、歳も同じであるから呼び捨てでよかったのだが、四朗は呼び捨てにした方が気を遣うと言うので、こんな形で定着したのだ。

二人で暮らしていく中で、お互いのことがいろいろと分かってくる。

普段はあまり自分について話さない孫十三だったが、四朗だけには気楽に話すことができた。また四朗も、ポツリポツリと自分の身の上を語り出した。

四朗は長崎のとある村の農家の子として、孫十三と同じく天文十二年（一五四三）に四人目の男子として生まれた。だが、孫十三と違って四朗の家は生活が苦しく、下の者から次々と里子へ出される始末だった。

里子と聞けば少し聞こえはいいが、実際は間引きであり、口減らしであり、僅かながらも銭を受け取るのだから子を売ったことに変わりはない。

四朗のすぐ下には一番仲良くしていたかわいい妹がいた。しかし、六歳にもならぬうちに人買いへ売られてしまったのだ。

「なぜ、売るために子を作るのか！」

その時、両親を真っ赤な目で睨みつけたと言う。

そんな息子に恐怖を感じた両親は、十歳を目前にした頃、四朗も売ってしまった。

売られた先は長崎の港近くに住まうポルトガル人のところで、何もできない子どものやれることは限られており、とにかく辛い思いをした。

炊事、洗濯、掃除などという家事を手伝うという仕事が主だったが、四朗が最も嫌だったのはポルトガル人たちの夜の相手をしなくてはならないことだった。

主人の奥方やその友人はもとより、綺麗な顔立ちをしていた四朗は男たちからも好まれ、多くの者に蹂躙されてしまう。

そんな影響からか、四朗はいつからか無表情な子となった。

「何を考えているのかよく分からない」

当時はそんなことを言われていたらしい。

四朗は人が信じられなくなり、人嫌いになった。

そして、それを誰にも言うこともできなかった。

普通なら気が触れてしまいそうな環境だったが四朗は何とか耐えていた。

それは主人の相手をしていたことで多少の自由が許され、昼間は工房の手伝いをさせてもらえたからである。主人の仕事は鍛冶であった。

ここの主人は一から鉄炮を作るまではしていなかったが、輸入した鉄炮の修理をやっていた。

主人が四朗に鍛冶を手伝わせてみると、とても筋がいいことが分かった。

真っ赤に熱せられた鉄を扱うのはとても難しいことだが、四朗にかかれば鉄が飴細工のように鮮やかに扱われ、どんな複雑な形も作ることができた。自分を凌駕する才能に惚れこんだ主人は、知っているすべてのことを教え、ポルトガル語も教えて鍛冶に関する書物も読ませてくれた。

四朗は土に染み込む水のように、それらの知識を吸収して自分の肉としていった。

その力の向上は目覚ましく、最後には自作の小さな鉄炮まで作り上げた。

この誰とも接する事なく鉄の事に没頭できる鍛冶があったから、四朗はその後にやってくる夜の仕事にも耐えられたのだ。

やがて十二歳になる頃、雇っていたポルトガル人は故郷へ帰ることになった。当然、四朗は一緒に船に乗り、異国の地へ向かうことになる。

その前夜、いつものように主人の部屋へと呼ばれた。

扉を開けた四朗はひと言だけ呟いた。

「今日までのお礼です」

ズドンと大きな射撃音がして、主人の心臓部分は大きな風穴と変わった。即死である。

四朗は自分で作った鉄炮で主人を撃ったのだ。

鉄炮が四朗を自由にしてくれたのだった。

主人の部屋から僅かばかりの銭を奪い、夜のうちには長崎を出た。

そして、心の命じるままに足を進めた。四朗の心にあるのは鍛冶であり、自分を自由にしてくれた鉄炮を作ることであった。

その鉄炮作りの中心地は畿内《きない》である。

瀬戸内を渡り、何かに導かれるように京へとたどり着いた。京で尋ねてみると「鉄炮なら国友がよい」との話を聞く。そこで、四朗は国友へ向かい、鍛冶の仕事を手伝うことになった。

日本人も知らない鍛冶の技を使う四朗は「鍛冶天狗《てんぐ》」と呼ばれて、一気に評判が広がった。あっという間にたくさんの仕事が舞い込み、四朗は、間もなく自分の工房を持てるようになった。

そこで四朗は夢であった自分の理想の鉄炮作りを始めたのだが、これがよくなかった。四朗の作った鉄炮はまったく売れないのである。

性能が悪いからではない、性能は飛び切りいいが、高価過ぎるのだ。

四朗とて腹が減る。普通に生活するには月に銭一貫文、つまり銭千文が必要なのだから、もし一挺の鉄炮を作る期間がひと月で済み、材料費以外に利益として銭千二百文も得られれば、暮らしていける。

三週間程度で仕上げればもっと利益は出せる。

鉄炮鍛冶は職人である以上、粗悪な物を外へ出すということはしないが、距離二十五間で的にきちんと命中させる物であれば問題なく出荷していた。

鉄炮は武器であって芸術品ではない。

それに二十五間以上先の的に命中させられるだけの腕を持つ者などまずいない。そんな状況では、五十間先の宋銭を撃ち抜ける性能を持つ鉄炮など宝の持ち腐れで、必要ない。

しかし、四朗はそんな物ではまったく満足できず、一つ一つの部品の製造を凝りに凝って仕上げ、鉄炮の精度を極限まで高めた。

そうやってできた鉄炮はとてつもなく素晴らしい物だった。

だが、製造できる鉄炮は年に二本程度。

これでは六倍の価格で売らなくては、生活が立ち行かない。

そのため孫十三がやっかいになった時は、四朗の家には工具や材料は高価なものがあったが、食するものは顔が映りそうに薄い粥だけだった。

だから、四朗の鉄炮は凄いと評判だったが、買う者は現れなかった。

水のような粥しか食べられなくとも四朗はひたすら鉄炮を作り続けた。着物がボロとなろうとも、髪を火縄でしか結うことができなくても……。

四朗は鉄炮を作っている時だけ、すべてを忘れることができるのだから。

昔のことはすべて……。

鉄炮が一本も売れることなく銭が底を尽き、このままでは飢え死にしてしまいそうになった時、四朗と孫十三は出会ったのだった。

この時、四朗は鉄炮を買ってくれる人に出会いたかったのではない、自分の作った鉄炮を使いこなせる者に出会いたかった。

もうこの世にはそんな者はいないのではないかと思っていた四朗は、孫十三が宋銭を吹き飛ばすのを見て「やっと会えた……」と、涙を流したのだ。


孫十三は国友村の居心地がよくなり、ここでしばらく四朗と暮らすことにした。

今までの蓄えを食いつぶして、あまり雇いの仕事はせず、ひたすら新しい鉄炮を作ることに心血を注いだ。と言っても鉄炮を作るのは四朗で、孫十三は仕上がった鉄炮を撃っては「ここが悪い」と言うだけなのだが、それを聞くのが四朗は本当に嬉しかった。

今まではそんなことは誰も言ってくれなかったのだから。

◇

他人にはまったく理解されない二人だけの日々を半年ほど過ごした頃だった。

鉄炮を京に売りに行った者から「日笠新左衛門の家が何者かに襲われたらしい」との噂を聞く。

自分のことだけを考えてぶらりと出た故郷だったが、孫十三は姉の菊の事だけが心配だった。

そこで孫十三は村で馬を借り、数日で雑賀の十カ郷へ舞い戻った。

家に帰った孫十三はその光景に驚愕する。子供の頃から生まれ育った家は焼かれて灰燼《かいじん》に帰していたのだ。

周囲の家にいた村人に話を聞いてみると、突如黒ずくめの集団がやってきて家に火を放ったのだそうだ。新左衛門はその者たちと戦ったが、敵の放った凶弾に倒れ、屋敷の中へと逃げ込んだが、そのまま炎にまかれたようだと……。他の家族も撃たれ焼かれ、死んでしまったらしい。

（単なる物盗りであろうか……）

家に向かって両手を合わせた孫十三は、静かに頭を下げた。

地獄のようなこの時代、このような話はどこにでもあった。村でも大きめの家であった新左衛門の家には金品があると狙われたのであろう。

村を出る時に「親とはもう会えぬかもしれぬな」と思ってはいたが……。

半ば諦めた気持ちで、孫十三は村人に姉の菊についても聞いた。

だが答えは意外なものだった。姉の菊は孫十三が出て行ってからすぐに『孫十三の所へ行きます』と置き手紙を残して村からいなくなったと言う。

驚いたことに、菊は孫十三を追って村を出ていたのだ。

そのおかげで今回の難を免れたのはよかったが、こんな世に女一人で旅をするなど自殺行為である。

一瞬「姉上は助かったのか」と心から喜んだ孫十三だったが、晴れ上がる空を見上げ、地獄のような世を旅するその身を案じた。

村人と別れ、最後の挨拶にと孫十三が家を眺めていた時だった。

ふと横を見ると麻色の鈴懸衣《すずかけい》と呼ばれる山伏や修行僧がよく着る服を着た者が一人で立っていた。

（……何者だ）

孫十三が驚いたのは、この者の近づく気配をまったく感じさせなかったからだ。

首からは銀の梵天袈裟《ぼんてんけさ》を掛け、頭には頭襟《ときん》と言う小さな帽子を被り、そこから垂らされた薄い布によって顔はよく見えない。

女か男なのかも判別がつかず、その姿から分かるのは背丈が孫十三より頭一つくらい低いということだけだった。

シャリンと長柄の先についた銀の輪の連なる錫杖《しゃくじょう》を鳴らしたその者は、その灰燼に帰した家に向かって静かに経を唱えている。やがて、経を読み終わると静かに頭を下げ、前を見たまま孫十三に話しかけてきた。

「遅かったな孫十三」

聞けば分かるかと思ったが、その声からも男とも女とも分からない。

ただ、しゃべる度に吐息を受けた薄い布がひらひらと揺れて、そこから白い肌を持った頬がちらりと見えた。

孫十三にそんな山伏のような知り合いはいない。だが、相手は名前を知っていた。

「なぜ、俺の名を知っている？」

「お前は相手を知らなくても、お前を知っておる者は多いだろう。不思議なことではない」

まるで禅問答のようなしゃべり方をした。そして、戸惑う孫十三に向かって続ける。

「お前とは何度も会っているのだが、教えるような名は持たぬからな」

「何度も会っているだと？」

孫十三は頭を巡らせるが、こんな奴など記憶には無かった。

「この世を捨てた者が名を語るのも無意味なことだが、それではお前もしゃべりづらいで
あろうから、仕方がない。では蓮空《れんくう》と呼べ」

その名前を聞いても思い出すことはなかった。

「――で、その蓮空さんが何の用でここへ来たんだ？」

すると蓮空は意外なことを口にする。

「お前を迎えに来た」

その言葉に孫十三は驚く。

「どうして俺が坊主なんぞに迎えられなくてはいけないっ」

腕を大きく広げて孫十三はそんな寝耳に水のような話を否定した。

「日笠新左衛門から何も聞いておらぬのか。お前の背負うべきものを……」

蓮空の顔にかかる布が静かにはためく。

「そんなものは聞いていない」

突然そんなことを言われて不機嫌となった孫十三は、腕を組み、一瞬だけ目を閉じた。

「そうか……だからこうなったのだな」

「なんだと！」

孫十三は蓮空の言葉に驚いた。

これは物盗りの仕業と考えていた。しかし、蓮空は何かを知っており、それが理由で殺されたというのだ。

蓮空は傘を少し動かして孫十三を見た。

「もしや……自分の名がなぜに『十三』なのかも知らぬのか？」

「俺の名前に意味があるのか」

その時、蓮空は一瞬ふっと笑ったような気がした。

「日笠は十三番目の……そして、古えの予言通り、裏切りの血族なり……」

「じっ、十三番目⁉」

蓮空は静かに右手を前に出すと熊野のある南を示した。

孫十三が女のように細く白く腕に目を奪われた次の瞬間、そこには誰もいなくなっていた。

ただ、灰となった家がそこにあり、焼け焦げた臭いが漂っているだけだった。

（今のは一体……）

確かにそこに蓮空と名乗る山伏姿の者がいたはずなのだ。

しかし、瞬きをした一瞬に消えていた。

（幻を見たのか……）

孫十三はしばらく周囲を探してみたが、再び蓮空を見つけることはなかった。

不思議な体験に後ろ髪を引かれる思いだったが、早々に雑賀の村を後にした。

雑賀から国友へ戻る道すがら姉の菊について聞いてみるが、そんな紀州の一人の女のことなど覚えている者がいるはずもなく、行方は杳《よう》として知れなかった。

やがて、二人が十五歳を終えようとする頃、ほぼ一年をかけて作り込んだ鉄炮がついに完成した。

この鉄炮は制作中も試射の時も、誰にもその姿を見られないようにして作った。

完成した晩には二人で何も食わずに、その鉄炮だけを見て朝まで語り合った。

二人が作りだした鉄炮は、ほかにはない独特のものだった。

銃身は四尺（約一・二一メートル）。これが、まず有り得ない長さである。

それを支える台木は鬼胡桃《おにぐるみ》という名の一本木から削り出した。この木はとても強靭で固く加工が難しい材料なのだが、それだけ狂いが少ない。

これは近江で手に入りがたいものだった。

鬼胡桃は奥羽《おうう》から蝦夷《えぞ》にかけてしか生えておらず入手に苦労したが、昔より若狭国《わかさのくに》へやってくる奥羽からの船と交渉して四朗が手に入れてきたのだ。こういった交渉は粘り強く行う必要があり難事なのだが、四朗は欲しいと思ったら何日かけてでも手に入れる気概を持っていた。

鬼胡桃で作られた台木には腐敗防止と防虫を考えて漆を塗り、横には滑り止めも兼ねて唐草のような文様を施してある。

台尻はポルトガル銃の伝統の形に戻して脇へ挟む形とし、孫十三が構えた時にぴたりと目線が銃身の上に来るように大きさと向きを徹底的に調整した。

その銃身の上には小さな突起物があり、手前が元目当、銃口近くにあるのは前目当と呼ばれる鉄炮の照準をするものがついている。この仕組みは国友の鉄炮にも早くから取り付けられていたが、四朗の作ったそれは、元目当が凹のような形になっていた。さらに元目当には小さな目盛《めもり》が刻まれており、これで距離や風の影響を受ける時の微調整を行えるのだ。

そして、心臓部となる銃身は四朗が丹精込めて何カ月もかけて叩き上げた鋼を使用し、内部も細心の注意をもって仕上げた。

四朗はポルトガル人の書物から得た、まだ日本のどの鉄炮にも使われていない技術も、この一挺に注ぎ込んだのだ。

それは武器ではあったが、一晩中眺めていても飽きない美術品のような美しさだった。

「この鉄炮の名は『八咫烏《やたがらす》』ではどうか？」

孫十三は四朗に言った。

「それはいい名ですね」

「そうだな」

鉄炮を作りながら孫十三は名前を早くから八咫烏と決めていた。

それはこれから作られる四朗の鉄炮が自分の分身のような気がしていたからだ。

だから、自分のあざにある伝説の鳥の姿をその名前としたのだった。

「では、一カ所追加したいところがございます」

「どこを改造する？」

「……それはお任せください」

四朗は孫十三に笑いながら楽しそうにそう言った。

「ったく……」

八咫烏の材料費は恐ろしく高くついた。

そこで銭の面は孫十三が工面したのだったが、さすがに二人で一年間も高価な材料を使う鉄炮作りだけをしていては銭の方が心許なくなってくる。

そんな思案をしていると、最初に国友へ来た時に四朗の家を紹介してくれた鍛冶仲間の茂平から仕事を受けることになった。

「山城の山間の村に注文された鉄炮を十挺届けるからついてきてほしい」

茂平は紹介した手前、変わり者の四朗の家に住みついた孫十三の事を気にかけてくれていたのだ。

安くなったとは言え、鉄炮を売れば一挺銭千二百文の利益を得られるのである。十挺も手に入れて売ってしまえばそれだけで一年間は暮らしていける。

そのため、当然のように、鉄炮を運ぶ者が襲われることが度々あった。

国友の村人は鉄炮に精通しており自分たちでも扱えるのだが、高い技量を有しているのは、ほんの数名程度であった。いつもの孫十三なら断る所だが、銭が少ないこともあり、茂平が自分たちのことを気にかけてくれているのが分かったので、仕事を受けることにした。

四朗は孫十三が行くとなればどこへでもついていく。

春先のある日、二人は馬に鉄炮を乗せて運ぶ茂平について、隣りの山城へと向かった。

山城の村から頼まれた鉄炮は信長から注文を受けているものと形は変わらなかったが、特別に台木《や》に「十文字」の模様が入れられていた。

「どの家の家紋か」

「さぁ、こういうものをどこかで見たような気がいたします」

二人は首を傾げた。

孫十三は一挺だけ鉄炮を持って行くことにしたが、それは八咫烏ではなく、四朗と出会った時に試射場で借りたすべてが真っ黒い方にした。

（やはり、八咫烏を撃つのは、格別の時にしたい……）

ただ、そう思ったのだ。

届け先まではまる一日かかるので、山城に入った所で泊ることになるのだが、こんな田舎に宿などあろうはずもなく、寒い季節だったので焚き火を起こして野宿することにした。

頂上に大きな木が生えている少し小高い丘の上で、三人は焚き火を囲むようにして寝転ぶ。

そこからは今まで歩いてきた街道が下に見え、刈り取られたままの田んぼが周囲にあった。

夜になると予想通りに、この辺りを根城とする賊と思われる風体の奴らがぞろぞろと十名程度、取り囲むように近づいてくるのを見張っていた四朗が発見した。

四朗はすぐさま木に背を預けて休む、孫十三の元へ知らせに動く。

「人が周囲から近づいてまいります」

その声を聞きすっと目を開ける。孫十三もこんな場所で熟睡はしない。

「夜に人か」

「まだ春先ですから、盆踊りへ行くとは思えませんね」

そう言いながら微笑む四朗に、孫十三は不機嫌に答えた。

「賊だ」

素早く袋から例の黒い鉄炮を取り出した。

「行ってらっしゃいませ。孫十三様」

その顔はとても周囲を賊に囲まれた人の表情ではない。単にお使いに出かける孫十三を送り出すかのようなやさしい表情だった。

白い息を吐いた孫十三は焚き火から火縄に火を移し、低い姿勢で鉄炮を手に持った。そして、少し離れた場所へ走ると伏せるようにして身を隠した。

そして、早合をいくつも刺し笠懸にした革の帯から一つ抜き取ると封を切り、銃口から入れ込んで台尻の底を二回静かに力強く叩いた。

早合を使って弾を込め、構えるまでの速度が神速となっている。

茂平を見るとぐっすりと寝ており、いびきまでかいている始末だ。

赤々と燃える焚き火にその間抜け顔を晒している茂平は、これから襲う賊たちにもはっきりと見えているはずだ。

それは敵に油断を生む。

今までは少し腰を屈めて草むらを歩いていた全員が、すでに勝ったつもりなのかすっと立ち上がり、ゆったりと歩いてきた。

武器が槍と刀である賊としては接近戦に持ち込まなくては話にならない。

鉄炮は奪っても使うことはなくて売るだけだ。武器ではなく銭としてしか見ていないのだ。

やがて、孫十三との距離は約五十間と迫る。

孫十三は周囲の近づく敵を見まわすように見つめていた。

ほとんどの者は着物に抜身の刀を持って裸足である。その内の一番ましと思われる男は、黒の胴前だけをつけていた。下はふんどしだけで汚らしい髭面のひょろりと背の高いそいつが、右手に持った刀を大きく振り上げる。

「ものども――」

男が叫べたのはそこまでだった。

ズダ――――ン。

闇夜に響く銃声がその言葉を遮ったからだ。

茂平はその音で初めて「何だ？」と目を覚ます。だが、まだまだ半分夢の中で、まさか賊が近くまで迫っていると気がついていない。

そんな茂平に反して、賊たちは襲う前からすでに危機に陥っていた。

「……うっ……」

胴前をつけていた男は言葉にならぬ呻き声を発し、ゆっくりと手を上げたままで前にどさりと倒れ込んでしまう。横の男の足許にごろりと転がって仰向けになると、その眉間には小さな穴が穿たれ、白い煙が上り、赤い血が流れ出た。

「かっ、頭《かしら》――」

それを見た賊の一人は目を大きく見開いて驚いた。

頭と呼ばれていた男はすでに絶命していた。

「やはりな」

孫十三は十名程度の人影の中からそれが敵の頭であることを知っていたように呟く。

茂平はやっと寝ぼけまなこで辺りを見回すが、やはりまだ何が何だか分からない。

四朗は薪を一つ加えて火を大きくすると、

「野犬のようです。今、孫十三様が追っ払っていますので」

とそんな茂平に向かって微笑んだ。

「確かにここいらは多いって言ってたっけなぁ」

四朗の話を聞いて茂平はそんなことを言った。

だが野犬と言われた側は、予想外の事態に驚き時間が止まったようになっていた。

集団というものは指示する者がいないと始まらない。特に小さな集まりほど、その存在価値は大きく、失ってしまえば動けなくなるのが普通だった。

彼らは襲う寸前にその頭を失ったのだ。

敵の動揺など孫十三は知ったことではない。今がいい機会とばかりに次の早合の封を歯で切り銃口から入れ込む。

さらさらと入り込む火薬に続いて、磨き上げられた丸い弾丸が最後に中へと入る。

最後に鉄炮の尻を叩くと次弾装填完了。

賊たちにとってはもう一人は確実にあの世へ行く準備が整ってしまった。

頭が無残な最期を遂げたことに動揺し、そこで足を止めていたが、頭とは逆方向にいた白い鉢巻を頭に巻いた背の低い男に向かって、横の賊仲間が聞いた。

「どうしやす?」

それがいけなかった。すでに孫十三の体は反対側へと向けられた。

「……そいつが控えか」

下へ向けていた鉄炮をすっと持ち上げた孫十三は軽く引き金に触れた。

ズダ――――ン。

普段は聞くことのない頭の骨が砕けるバキッと言う音に、周囲に立っていた賊は、腰を抜かさんばかりに驚いた。鉢巻は銃撃を受けた衝撃で切れ、弾け飛ぶ。

立ったままの眉間からは、すぐにどぶっと赤い血が流れ出した。今回は弾の勢いが強く、神にその体を押されたかのように男はドサリと後ろへ倒れる。この賊も一瞬で絶命した。

周囲にはまだ孫十三たちをかなりの人数が取り囲んでいて危険な状態は続いているが、

孫十三は次の弾を込めようとはしない。

すっと立ち上がると焚き火の方に向かって鉄炮を持ったまま歩きだした。

次の瞬間、

『うぉぉ――――』

という声に続き「魔物がいる」「神がいる」と騒ぎながら、賊どもは全員くるりと身を翻して脱兎のごとくもと来た方へ逃げ去って行く。

仲間が二人撃たれた時に、賊たちの緊張感はぶつりと切れてしまったのだった。

周りからは草と足が触れる沢山のカサカサとした音が、遠ざかっていくのが聞こえた。

茂平には二発の銃声は聞こえ、何だか人の声が聞こえたような気がするが、後のことはよく分からない。

そこへ孫十三が焚き火の前にゆっくりと戻って来た。

「今のはあんたがやったんか？」

やっと頭の回ってきた茂平は聞いた。

「あぁ、野良犬だ」

孫十三はそう言いながら漆黒の鉄炮を四朗に渡す。

「そうかい。野良かい……」

「騒がせたな」

「いや、いいってことよ」

茂平は安心したように微笑むと、焚き火に何本か薪を入れ、またさっきのように横になった。

鉄炮を受け取った四朗はすぐに道具箱からいろいろと取り出し、銃身にさく杖を入れながら射撃した時に出るカスを取り出す。

「賊の頭を狙ったのですね、孫十三様」

二人にしか聞こえないような小さな声で四朗は言った。

「あぁ、面倒だからな」

孫十三はすっと目を閉じた。

「賊でしたらまさに烏合の衆。頭をやれば、後はだいたい逃げ出しますし、それが誰なのかは向こうが教えてくれますからね」

「人は指示がないと動けん」

四朗は柔らかい布でキュッと台木を拭く。

「さっきの頭は大声を出して指示しようとしていましたし、頭がやられると次の方に皆さんが指示を仰ごうとしていましたものね」

四朗は目を細めて笑った。

その顔色はまったく変えないが、孫十三が人を撃つのを見るのは初めてだった。

そして、気になったことを四朗は聞く。

「どうして、頭を射抜かれるのですか？　頭はふらりと動くもの。きっと、胴の方が簡単に狙えますでしょうに」

四朗はくるりと鉄炮を回す。

「一番最初に人を撃った時は胴を撃った」

孫十三は眉間に少ししわを寄せて、そこに手を当てながら呟くように言った。

そして、四朗が黙っていると孫十三は呟いた。

「胸では当たり所が悪いと、走ってくることがある」

焚き火の火が孫十三の目に映り、赤く輝く。

「……銃撃を受けても死なない人がいるのでございますか……」

「そいつは再び刀を振り上げ襲ってきた」

「それでどうされたんです。早合もなかったのですよね」

すると孫十三は恥ずかしそうな顔をして、心なしかふと頬を赤らめた。

「……殴った」

「孫十三様が、殴ったのでございますか⁉」

驚いた顔で四朗は見つめた。

「その時……胸を撃っては一発では死なないということが分かった」

四朗は孫十三が何故頭を狙うのか、本当の理由が分かった。

「孫十三様はどうせ死ぬなら苦しまない方がいいとお考えになったのではありませんか。だから難しいのにも関わらず、必ずや頭に弾を撃ちこまれているのですね」

「…………」


孫十三は黙り込み、次の瞬間には軽い寝息をたてながら眠りについていた。

そんな孫十三を四朗はやさしい笑顔で見つめた。


翌朝、茂平と共に出発すると、昨日撃ち殺したはずの二人の骸《むくろ》は消えていた。

孫十三が四朗に振り返ると、ただ微笑むだけ。

（……朝までに片づけたのか）

孫十三が思った通りだった。四朗は孫十三が眠ると、それぞれの骸を移動させ、草葉を被せて隠したのだ。そのうち、ここを通った者が発見するだろう。

彼らはその側に六枚の永楽銭を見つけることになる。それは「三途の川の渡し賃」として四朗がそれぞれの骸の上に置いたものだ。

あの世を信じている訳でない。ただ、こうすることがせめてもの慰めになるならばと思って置くのだ。

そこから半日も歩かぬうちに、目指す山城と摂津の国境近くにある村へ到着する。

初めてここへやってきた二人は、そこに広がる光景に驚き、目を瞠った。

こんな山奥にたくさんの人が住んでいたからだ。

そして、そこでさらに驚くことが重なる。

茂平が銭の受け取りがあると村人の家へ行っている間に、二人は倉庫に鉄炮を納品するように言われた。

倉庫に鉄炮を入れて扉から出て来た時、突如後ろから声をかけられたのだ。

「じっ、十三」

最初に気がついたのは洗礼を受けてカタリナと呼ばれていた菊の方だった。

「あっ、姉上……」

突然のことに孫十三は、戸惑い立ち尽くす。

この村へやってきた時、ここには教会があってカタリナ様と呼ばれる修道女がおり、キリスト教を伝えているとは聞いていた。

しかし、それがまさか生き別れになった姉とは思うはずもなかった。

二人は瞬時に駆け寄り、向かい合った。

「……十三」

カタリナは孫十三の胸に頭をあてて、大粒の涙をボロボロとこぼしながら泣いた。

それを孫十三はどうすることもできない。

「姉上……」

ただ胸を貸し、ひと言だけ呟いた。

二人は再会を心から喜んだ。半ばあきらめていたとは言え、孫十三はずっと姉の事を気にかけていた。

こんな地獄のような世で自分を探すために追いかけてくれれば、きっと多くの者に襲われるであろう。運が悪ければ殺されることもある。

だが、姉は生きていてくれた。

それだけでも孫十三はこの世にはきっと神がおり、姉を守ってくれたのだろうと感謝したかった。

そんな二人を四朗は目を真っ赤にして見つめた。

この美しい女性が以前から孫十三に聞いた、生き別れとなった姉のことだとすぐに分かったからである。

四朗は、その出来事を自分のことのように嬉しく思ったのだった。

茂平には「ミサを聴いていく」と言って先に帰し、孫十三は少しここへ残ることにした。

そして、孫十三が残るならと、四朗も共に残ることとなった。

その晩、三人は二年間にあったことをいろいろと語った。ただし、孫十三は人を殺して銭をもらっていたことはカタリナには話さなかった。

それを聞けばきっと悲しむだろうと思ったからだ。

孫十三と四朗についての話を聞いた後、カタリナの話を聞いた。

雑賀を出て京へ辿りつくまでの行程をカタリナは多く語らなかったが、雑賀にいた頃とはかなり雰囲気が変わっており、それが暗に壮絶さを物語っている。

それに小袖やベールでほとんど隠されているが、額の横や手先には短い切り傷の後が見えた。

孫十三も四朗も壮絶な地獄を歩いてきた。

そんな中をこれだけ美しい女が一人で歩けばどんな目に遭うかなどすぐに分かる。次々と襲い掛かってくる賊に対して力のないカタリナは浚《さら》われ、理不尽な暴力を受けたであろう。

だが、カタリナの目には昔と変わらぬ、いや、昔よりも鮮やかな光が宿っていた。

単なる美しい人が持つ魅力だけではない。そこにいるだけで人に癒しを与え、苦しいことがあれば話して楽になりたくなり、困ったことがあれば教えを受けたくなる。すべての人の心をつかむような、そんな女性にカタリナはなっていた。

（もし、神に会うことがあればきっと同じような目をしているに違いない）

四朗はそんなカタリナに、心から惹かれたのだった。


菊は孫十三の消息を聞きながら、京までやってきた。

孫十三も見てきた通り、京は賊が我が物顔で跋扈《ばっこ》する魔都と化している。菊も京に入るなり野伏たちから追われることとなった。その時、瀕死の状態で飛び込んだ場所が教会だったのだ。

この教会の神父はガスパル・ヴィレラという人物であった。

ヴィレラは日本の布教責任者として派遣されていた司祭コスメ・デ・トーレスの指示を受け、京での布教活動のためにやってきていたのだった。

教会は自宅も兼ねた質素なものだった。

西洋の医術によって死の淵から戻ってきた菊はヴィレラ神父の話に心を打たれ、命を救ってもらった恩返しにと、しばらく教会の仕事を手伝うようになっていく。

やがて教会の教えに感銘を受けた菊が、洗礼を受けカタリナとなるのに時間はかからなかった。

もともと賢く学のあったカタリナは、あっという間に教えを理解し修道女となる。

生真面目なカタリナの性格をヴィレラはとても気に入り、修道女として歩めるようにあらゆる便宜を図った。

その報告を平戸で受けたトーレスはとても喜び、後に京へ行った際にもカタリナと特別に時間を設けて対話を行った。

カタリナも四六時中ヴィレラ神父と接することで、欧州の国々の様子を伝え聞き、教養を深める。

「神のもとに人はみな平等」

その時、教えの中で最も心動かされた考え方だった。

そして、それは単に宗教上の教えという訳ではなく、欧州では、人が生まれながらにして身分が決まっていないという思想が人々に広がりつつあるとも聞いた。

男も女も老いも若いも、その命は等しく尊いものと言う。

弱い者でも強い者の力に怯えることなく、平和に暮らせる世を人は作ることができるのだ。

日本ではまったく理解されない考え方だったが、カタリナはそれを信じ、ヴィレラ神父らと共に理想を実現すべく歩み始めた。

カタリナは山城での布教を目的としてフランシスコ・スピノ神父と共にここへやってきて教会を開き、多くの者を信者としていた。

しかし、カタリナが外へ使いに出ていたある日、教会には金目の物があると思った野伏たちに襲われ、スピノ神父は殺されてしまう。

残されたカタリナは、途方に暮れ、京にいたヴィレラ神父に相談した。

「村人はもうあなたを頼りにしているのですよ」

説得されたカタリナは、勇気を振り絞ってここへ戻り、布教を続けることにする。

だが、カタリナはスピノ神父を失ったことで方針を変化させた。

キリストは「右の頰をぶたれたら、左の頰も出しなさい」と説く。

だからと言って殺されそうになったら殺されていいとも言ってはいない。聖書の中でも殺されそうになったらその場から逃げることもあれば、命の危険を前にして戦うこともある。

聖書の話のように、自身が戦わなくとも天使の軍団たちが戦ってくれるならいいが、現実に目の前に広がるのは地獄であり、自分たちの身は自分たちで守らなくてはならない。

カタリナは自分の身はどうなってもよかった。

だが、善良な信者たちが傷つけられるのは許せなかった。

問答無用の暴力から人々を守る。

それは神の名において許されることだとカタリナは考えたのだった。

カタリナはすぐに鉄炮を国友村に頼み、それを孫十三たちが届けに来たのだ。


そんな三人の昔話をすべて語り合った後、カタリナは静かに孫十三に聞いた。

「十三、あなたはこれからどうするの？」

その言葉は、孫十三の心に重く響く。

「……それは……」

孫十三はその答えを持っていない。

自分の腕を誰にも負けないくらい磨き、理想の鉄炮を手にする。

そんな想いは、今、ほとんど叶いつつあるが、その腕を生かす場所はない。

そして、二人で精魂込めて作った鉄炮を、賊退治なんかに使うのは心が引ける。

孫十三はまだどうして生きていけばいいのか迷っていた。

「あなたの人生は、ただ、鉄炮さえ撃てればそれだけでいいの……十三」

カタリナは責めているのではない。孫十三を心から心配しているのだ。

姉として弟の人生が幸せであって欲しい。そのことは孫十三もよく分かっている。

だから何も言えずに黙ってしまうのだ。

言葉に詰まった弟は自然に姉の幸せを考えてしまう。

「では……姉上はこれからどうなさるおつもりですか？」

にこやかな顔を見せたカタリナは両手を机の上で組んだ。

「私は男も女も赤ん坊も年老いた人も、皆、一様に幸せになれる世の中を作ります」

そんなカタリナの壮大な言葉に二人は驚いた。

「……それはここで神に祈っていればいいということですか？」

別にキリスト教だけではなく、寺の僧も似たようなことを言う。

一生懸命祈っておれば、仏が救ってくださるのだと……。

雑賀からここまで地獄のような世しか見てこなかった孫十三には、すべての人が幸せになれるなど何かの冗談かと思う。

しかし、カタリナの穏やかな目は真剣そのもので瞬き一つしない。

「そうではありません。私たちの手で皆が等しく仲良く暮らせる世を作るのです」

「このような世にですか？」

孫十三は驚き聞き返すと、カタリナは頷いた。

「神はすべての人は平等だと言っています。だから生まれながらに決まってしまう身分なんて、本当は必要ないのです。どんな人だっていつかは死んでしまうんだし、死ねば骨が残るだけ、この世の物は何一つ持って行くことはできないのですよ」

「すべての者が平等……」

四朗は初めて聞くその考えた方を、あ然として聞いていた。

「武士の家に生まれようが、農民の子に生まれようが、自分がなりたい者に人はなればいいはずなのです。それをできないのはなぜですか？」

改めて考えて見ると確かにそれがなぜかは分からない。

しいて言えば、みんながそう言っているからだ。

「ですが……身分がなくなって武士や公家《くげ》がいなくなれば誰が世の政を取り仕切ります？」

するとカタリナは穏やかな顔を見せた。

「それは雑賀衆だった私たちなら分かるではありませんか！」

「……！　合議で決める？」

「そうです。最も多くの指示を受けた者を民の代表とし、その者たちが集まって、村のこと、国のことも合議して決めればいいのです。血によって選ばれた者が、世を混乱させ人を苦しめるなどあってはなりません。神父さまたちが住む西の国では古えにそのような国家があったのだそうです」

（昨日まで米を作っていた者が、今日から国のことを考えられるだろうか……）

孫十三にはその二つが、とても同じ人間のやるべきこととは思えない。

「単なる農家の者に政などできましょうか？」

カナリアはやさしい笑顔を投げかけた。

「死んでしまえば皆同じ骨であると申したでしょう？　慣れれば誰にでもできるのです。今の公家や武士とて、この世が始まって以来その地位にあった訳ではないのですよ」

そう言われても、孫十三は雑賀で内紛にあった経験があり、そう簡単に皆が政をできるとは信じられない。

「しかし姉上、合議では争いが収まらぬのではないでしょうか？」

カタリナはすっと目を細めて二人を見つめた。


「それを解決するのは銭です」


「銭⁉」

声を合わせて驚いた二人は椅子から同時に腰を上げた。

そんな二人をカタリナはやさしい目で見つめる。

「こうやって世が荒れるのは、要するに皆が等しく食えぬからです。だから、それぞれが少しでも自分の食い扶持を増やそうとして、土地を奪い、命を奪う。ですが、銭さえあれば争わずとも米を買え、土地を買い、収穫を増やして多くの者が暮らしていくことが出来ます」

カタリナはヴィレラ神父との生活の中で欧州の歴史や政治、経済を勉強し、日本の混乱原因を抜本的に理解したのだった。

あまりに突飛な考え方に、四朗の動揺は収まらない。

「しっ、しかし、世の中には皆が等しく食える米がないのではありませんか」

両手を広げ四朗は焦って聞いた。するとカタリナは静かに首を横に振る。

「そんなことはありません。戦のために多くの米が無駄に使われているではありませんか。それに今までは身分のせいで農民がどれだけ頑張っても、領主が年貢と称して収穫を集めるので気力が失われましたが、それがなくなれば皆で働けば働くほど、それぞれの身入りが公平に増え、喜んで働くことでしょう。そうなればきっと新田は飛躍的に増えますよ」

カタリナの言う事は聞いたこともないほど斬新で、にわかには信じられない話だった。

しかしカタリナには、確かにその通りと思わせる説得力があった。

孫十三などは、目の前の人が姉ではなく別人ではないかと思ったくらいである。

雑賀にいた頃から聡明とは思っていたが、雑賀を出て経験した多くのことがカタリナをさらに成長させていたのだった。

「この村をご覧なさい。ここには武士も公家もありません。私は教えを説きますが、政に関しては村の人々にお任せしています。それでも、みんな話し合いで解決して利益を等しく分け合って生活していくことができています。人として何が正しいかということをちゃんと突き詰めていけば、答えはおのずと一つなのです。そして、もっとお金があれば、この世界のすべての人を救うことができるようになるはずです」

目には光り輝くものが見えた。

「しかし、その銭はどうやって手に入れますか?」

孫十三はたずねる。

「そこはこれからですが、どんな世の中を作りたいかという想いがあれば、おのずとその想いに賛同してくれる方も現れると思います。誰もがこんな世など望んではいないでしょうし、だからと言って京に再び政を任せたいとも思ってはいないでしょう」

カタリナは組んでいた手をほどいて静かに微笑んだ。その姿はキリスト教でいう、聖母マリアのようだった。

四朗はカタリナに強い衝撃を受けた。

(こんな女性がこの世にいるなんて……)

しかし、それは苦難の始まりだったかもしれない。

孫十三はただ鉄炮を撃つことが好きで生きてきた自分が恥ずかしくなり、もう何も言い返せなくなってしまった。

話はそこで終わりとなった。


二人はその晩は教会に泊めてもらい、翌朝カタリナに見送られて村を出た。

その別れ際、カタリナは四朗だけに静かな声で伝えた。

「私はもう十三の側にいてあげられません。四朗さん、どうか十三をよろしくお願いします」

カタリナは腰を折って頭を下げる。

普段は見えない長い黒髪が、その時だけはベールから溢れた。

その姿は修道女のそれではなく、弟を心配する単なる一人の姉であり、そして、四朗が今まで見てきた中で、もっとも美しい女性の姿だった。

顔を上げたその目には真珠のように輝く涙が薄らと光る。

四朗は少しだけ体を前に傾け目を伏せた。

「わたくしにできる限りのことは……」

「ありがとう、四朗さん」

四朗はこの時の目尻に手をあてるカタリナの姿を一生忘れることがなかった。

（わたくしは……）

この時四朗は誓いを立てた。その口から一生語られることのない誓いを……。


衝撃を受けた二人は、終始無言で帰路を歩いた。

国友村までは帰りも一泊二日かかる道のりだが、二人は何も話さなかった。

そして、やっと国友村が見えてきた時、孫十三は突如言い放った。

「俺は、姉上が理想を実現させることを手伝うと決めた」

それは時を同じくして四朗も思っていたことだった。

「孫十三様がおやりになるなら、わたくしもそれをお手伝いいたします」

二人は顔を見合わせて深く頷いた。

「そのために『八咫烏』は生まれたのだ」

「えぇ、きっと、あの鉄炮はカタリナ様の理想を実現させる大きな力となるでしょう」

四朗がとても晴れやかな顔を見せると、孫十三は四朗に会ってから初めて穏やかな笑顔を見せた。

「そうしよう、四朗」

二人が前を向くと強い風が吹き、大木の枝がざわついた。

その時、四朗が突然言ったのだ。

「では、『一仕事・銭百貫文・半金前払い』としてはいかがですか？　孫十三様」

孫十三の顔は、再び厳しい顔となる。

「銭百貫文⁉」

「ええ、そうです」

いつも通り四朗は気さくに笑う。

「大金だな」

「大名に仕官した場合、足軽がひと月で銭一貫文ほどが相場。わたくしも物売りの端くれ、世間の値はよく存じております」

孫十三が京の近くで受けた仕事でも、こんな値段ではやったことはない。せいぜい銭一貫文、高くても二貫文。それでも高額と言われたものなのに、四朗は平然と銭百貫文と言う。

「そんな銭を払う者などいるのか？」

呆れたような声で孫十三は言う。

「大丈夫でございます。とかく銭を持つ者は『高い物は良い物』と考える輩《やから》が多いのです。ですから、高ければ高いほど銭を持った者が依頼にやってくるのです」

「それはそうかもしれんが……」

顎に手を当てた四朗は、もう一つ大胆なことを言う。

「ただ、この値段をつけるには、受けた仕事はどんな事があってもやり遂げなくてはいけません。どんな難しい依頼でも受けたら最後、一度たりとも失敗は許されないのです」

真剣な目を四朗は投げかける。

「……それができますか？　孫十三様」

そう言われて弱気なことが言える孫十三ではない。ふんっと鼻を鳴らして遠くを見た。

「誰にそれを言っている」

四朗は微笑んだ。

「これは失礼いたしました。であれば大丈夫です。一件成功させるだけで、後は噂が噂を呼び、次々と仕事が舞い込むようになりましょう」

「どういうことだ？」

種明かしをするように楽しそうな顔を四朗はする。

「人殺しを銭一貫文や二貫文で依頼をしたのでは人には話しませんが、一仕事に銭百貫文を払った者は、ひそひそと周囲に自慢げに語るでしょうから……」

「なるほど、それはそうかもしれん」

四朗は鉄炮を作ることがうまいだけだと思っていたが、思いのほか商いの才も持ち合わせているようだ。孫十三は、ふっと息を吐きながら感心して見つめた。

しかし、四朗はいつでも商才がある訳でないのである。

自分が大事にしたいものを前にした時だけ、頭が働く。

もし、孫十三に会わなければ、今も村の片隅で無表情に粥をすすっていたであろう。

そして、今はあの人のためにもなると思えば……。

◇

葡萄酒を飲みながらの孫十三とカタリナの話が終わる頃、やっと四朗は小屋から出て来た。

小屋では鉄炮を触っていたらしく、汚れてしまった手を桶に溜めた水で洗うと、教会を手伝っている一人の少女が、顔を真っ赤にして藍色の手拭《てぬぐ》いを差し出した。

「あの……これを……」

「ありがとうございます。洗って返しますね」

四朗がそれを受け取りながら笑いかけると、少女は恥ずかしそうに全身に力を入れた。

く。

「いっ、いいですっ」

強く言った少女は、使い終わった手拭いをぱんと奪い取り、逃げるように立ち去って行く。

四朗は後ろ姿を微笑みながら見送ると、二人の待つ院長室へと向かった。

部屋には机があり、自分が座るべき場所の盃にも葡萄酒が注がれている。

一時は奴隷のような暮らしをしていた自分に、こんなに気遣ってくれる二人がいてくれることに、泣きそうなくらいの喜びが込み上げてくる四朗だった。

「また、私の悪口をカタリナ様に告げ口されていたのですか」

孫十三は少し酔って気持ちよさそうにしていた。

「早く来ないお前が悪い」

四朗とて早くここへ来たかったのだが、それができない理由があったのだ。

「八咫烏はとても繊細ですので、撃ちました後はしっかりと処理をしてやりませんと……」

そこで孫十三は身を乗り出し、カタリナに向かって一つ告げ口をしてやった。

「姉上、このように四朗は年頃にも関わらずまったく女っ気がない。毎日鉄炮を磨くばかりです。もし、村の者でいい娘でもいたら巡り合わせていただけませんか」

「そうなのですか？」

椅子に座るカタリナに見上げられた四朗は、頬を赤く染めて叫んだ。

「まっ、孫十三様！」

人が死ぬところを見ても何も動じぬ四朗には、これはとても珍しいこと。

ふと体を起こした孫十三はじっと顔を見た。カタリナもその目線を追うようにして見つめる。

すると、四朗は下を向き、蚊の鳴くような声で言った。

「わっ、私には……その……こっ、心に決めた方がおりますので……結構でございます」

カタリナはやわらかに笑い、胸の前で手を組んだ。

「まぁ、そうでらしたの」

一方の孫十三は考えこんだ。四六時中一緒にいて、もう二年になるのに四朗の好きな女が誰かが分からないからだ。

（四朗め、どこでそんな暇があったのか）

孫十三が睨むように見上げると、つかつかと台にやってきた四朗は自分の椅子の前に置かれた盃を持ち、ぐいと一気に飲み干した。

もちろん、空きっ腹でそんなことをすれば一気に回る。四朗の顔は正真正銘酔いで真っ赤となった。

「まぁ」

とカタリナは驚き、

「銭百文もしたのだ。ちゃんと味わって飲め」

孫十三は四朗に怒る。

「変わった味ですね」

四朗はぐっと胸から湧き上がる熱いものを感じ、孫十三と同じような感想を言った。

三人となったことで再び昔話に花が咲いた。

孫十三と四朗が本当に気を許していられるのはこの場所だけかもしれなかった。

しかし、ここに長居をすれば、二人を追って来る者のせいでカタリナに迷惑をかけるかもしれない。

そう考え、二人はいつも一日だけ泊まって、翌日の朝早くには村を出ていく。

束の間の満たされた時間を糧《かて》に、孫十三と四朗は自分たちの信念のまま、また次の戦場へと向かう。

それでもいいのだ。カタリナの理想のために自分たちの生きる意味があるのだから
……。

参

闇に哭《な》く鴉《からす》

孫十三と四朗は、再び近江から美濃へと入った。街道を通って、渡し船に乗り、木曾川を渡って尾張に入る。彦兵衛の屋敷のある羽栗郡を通って、最初に宿泊を考えていた一宮の宿場も通り抜けた。

この先が尾張の領主・織田信長がいる清洲となる。

清洲の城は西側に清洲川が流れ、鎌倉と京を結んだ京鎌倉往還《きょうかまくらおうかん》と伊勢へ向かう伊勢街道がここで合流し、その少し先では中山道《なかせんどう》にも通じる交通の要所にある、昔から重要な場所だった。

街道を南下してきた二人は、清洲へと入った。

「大したことないな……」

街道から清洲城を見上げた孫十三は、見たままの感想を口にする。

「しかし、国友には幾度も大量の鉄炮を発注してきたのですから、かなりの銭持ちかと……」

「銭があれば構わんがな」

城の近くに広がる町を孫十三は見渡した。

人々を見ると何だか落ち着かぬ雰囲気だった。

「慌ただしいな」

どんな状況でも四朗は笑顔を崩さない。

「……そうですね。これは何か事が起きているのやもしれませんね」

町はまるで祭りかと思うほど騒々しい。

よく見ると人々は、自分たちがやって来た美濃の方向に流れており、三河を通って鎌倉へ向かう京鎌倉往還の方へは誰も向かっていなかった。

「とりあえず宿を探して参りましょう」

四朗は馬を引きながら町へ入り、通りに沿って何軒かの宿に寄りながら泊まれるかを聞いた。そして「川屋」という宿でしばらく泊ることにする。

その名の通り宿は川に面して建っており、川にかかる馬の背のような丸みを帯びた板橋と、大きな神社が横にあった。

孫十三は馬から降り、引き戸を開けて宿の土間へ入るが何もしゃべらない。不機嫌に腕を組み、いつもの短い煙管を赤く光らせるだけだった。

宿の女将《おかみ》と愛想よく話すのは四朗の役目と決まっている。

「しばらくやっかいになります」

藍色の生地に桜の花びら模様を散らした小袖を着た女将は、肉付きのいい体をしていた。よく見ると唇には薄らと紅を刷《は》いている。

(尾張の民はやはり余裕があるようだ)

孫十三はそんなことを感じた。民を見ればその国が分かるものだ。

「いいんですよ。お客が寄り付かなくなって困ってたとこだから」

女将は照れながら左手で右の袖下をつかんで笑った。

「何かあったんですか？」

四朗は草鞋を解きながら聞いた。

「知らないのかい？　駿河と遠江《とおとうみ》の領主今川義元が、尾張に向かって来てるってんですよ。国境じゃあ小競り合いが始まっているとかで」

驚いた顔して女将は言った。

「それで、この騒ぎなんですね」

「あんたらも気を付けないと……」

と言いながら二人を見るが、二人の腰には刀が刺されていない。それを見た女将は商人か何かだろうと決めつけたようだった。

「まぁ、商人は殺されやしないでしょうけどねぇ」

「私たちは旅の者なので大丈夫です。なんでしたら今川様にも売りつけますから」

すると、女将は襟にするりと手をそわして、艶っぽい目線を四朗に送る。

「お客さん……商人にしては、いい体してるのねぇ」

言いながら四朗の体を上から下まで舐め回すように見つめ、後ろにいた孫十三の方にも目を移す。

「それに、お連れさんも」

「私は鍛治でして……」

そんな話をしていると、後ろからちっと舌打ちが聞こえる。

これは「早くしろ」と孫十三がいつもやる仕草だ。

四朗は早々に話を片付けると、荷物を持って部屋へと入っていく。

二人は二階の一番奥の部屋に案内された。女将の言っていた通りお客は寄り付かないらしく、宿にはどうも二人だけらしい。

外はがやがやと騒がしい割には、中はひっそりと静まり返っていた。

孫十三が障子をカタンと乱暴に開けると、そこから清洲城が見える。

窓枠に腰を降ろして右手は柵にのせる。すると、窓からは気持ちいい風が吹き込み、孫十三の髪をさらりと揺らした。

「わたくしは町へ出てまいります」

すべての道具を降ろして身軽になった四朗は、数枚の紙と筆を持ってそう言った。

「皆、逃げ出すことしか考えていないのではないか？」

「今川と言えば『海道一の弓取り』と呼ばれる武将、そんな男がここへ攻めてくるとなれば、戦わずして降伏するのが普通でございましょう。ですが、ここの領主は諦めずに国境で頑強に戦っているということは、きっと、この国の者は諦めていないからですよ」

「また、美点探しか？」

そんな孫十三に向かって四朗は指を立てて説明する。

「平和な世では殺しなど頼まれません。その地域が危険であればある程に、きっと皆、八咫烏様を頼りとしたいと思うはず」

言うことは筋が通っていた。

四朗は、常に人とは違った物の考え方をする。それを孫十三からすると「地獄にでさえ美点を見い出す」と言われてしまうのだ。

孫十三にしてみれば見ればダメなものは、何をしたってダメだ。

ため息をついて「もういい」と孫十三は手をひらひらと振る。

「では、行ってまいります」

四朗は廊下へ出て正座をしてから丁寧に頭を下げた。そして、襖を閉め廊下をとんとんと歩いて行く。孫十三はふっと息を吐くと窓から外を見ながら煙管に火を灯した。

窓からは、橋の向こうに町で一番大きな神社の鳥居が見えた。

◇

すでに夕刻となっていた。

毛利新介は、途方に暮れて清洲の町を歩いていた。

新介は、丹羽秀高を失い大混乱となった戦いから生き残ることができ、信長の馬廻りとして役目を与えられていた。

だが、生き延びられたという喜びもつかの間、新たな難局を迎え、ひとり悩んでいたのだ。

(なぜ殿は、こんな時にもうつけなのじゃ……)

今川軍は二・三日前に駿府を発していると聞く。

その動きはゆっくりとしたものだが、確実に尾張を目指していた。

偵察に出た者からの報告では、兵力は小者なども合わせて約二万五千の兵。

その内、武士は二千五百人程度としても、足軽なども入れた実兵力は一万はいるはずだ。

この大軍に対する尾張では、領主である織田信長を交えて何度も軍議が開かれたが、打って出るか抵抗を続けるかで論議は分かれ、紛糾した。

現在織田軍が揃えられる全兵力は一万にも満たない。実兵力では五千以下。その兵力で打って出れば二倍以上有する今川軍に対して野戦での勝ち目はない。

紛糾するのは当たり前だった。

だが、籠城をして徹底抗戦をしても、どこからも援軍の来る予定のない現状では、無駄死にとなるだけであった。

どちらをとっても滅亡しかない状況に議論は紛糾したのだ。

他の国であれば「降伏して服従」という選択肢もあるのかもしれないが、信長にそんな考えは微塵《みじん》もない。もし、誰かが進言すれば「弱気」と断じられて、叩き切られてしまうだろう。

結局、この日も結論は出ずに軍議は解散となったとのことだった。

(殿はどうするおつもりなのだ)

直接軍議に出る立場にはない新介は、ただ上からの報告を聞いて焦るだけであった。

そして、新介にはもう一つ悩みがあった。

それは自分の出世についてである。

今は信長の馬廻りとしてお役目をいただいている身だが、このところたいして目立った働きはできていなかった。

先日も先陣の将・丹羽秀高を失い、大混乱の中ほうほうの体で逃げ帰ってきてしまった。

信長はそれについて新介を責めることはなかったが、それが反対に怖かった。

人材収集に関して貪欲な信長の所には、次々と新しい者が仕官し、武勲を立てて出世していく。

いくら今は馬廻り衆とは言えども、そろそろここらで大きな武勲をあげておかないと、立場が危ういのではないかと新介は感じていたのだ。

信長の軍は土地の者を借り出している訳でなく、すべて銭で雇われているのだ。

だから、信長が「あれは使えぬのでいらぬ」と言えば、明日からは自分は無用となり牢人となってしまう。

そうならないためには、殿が窮地に陥ったこの今川戦で、何か大きなことを成し遂げなくてはならないと悩んでいたのだ。

「目立つような何かを……そう、できればそれで今川が軍を引いたら最高じゃ」

悩みは口から出てぼやきとなった。

二倍以上の大軍に勝つなんてことは望んではいない。だが、殿が負けてもらっては困る。

新介は、うぬぬとしばらく考え、やがて一つのことを思い付いた。

「そうだ、引き分けになればいいのだ」

新介は名案にたどりついたと手を打つ。

そう考えるのは、それほどおかしなことではない。

兵と兵がぶつかり合う戦となるのは、双方の兵力があまり変わらない時だけだ。

敵との兵力差が大きければ少数の方が諦め、戦は行われることなく条件が調整されて弱者が服従するのが普通。

そして、兵の数が変わらない状態で野戦を行えば、結局どちらにもある程度の損害が出てしまい痛み分けになって軍を引き、結果的には引き分けとなる。

新介としては、今川が兵を引く程度の損害を出して、引き分けになる方法は何かないかと思った訳だ。

しかし、どうすれば引き分けになるのか新介が分かるはずもない。

こういう時には「食べ物も喉を通らぬ」とは言うが、やはり腹は減る。

夕闇迫る清洲の町をぶらりぶらりと歩いていた新介は、気分を変えようと飯屋へと入った。

やはり清洲から庶民は出て行っており、中にいるのは戦に関わる者ばかり。

今、清洲周辺には少ないとは言え、一万弱はいようかという信長軍が待機しており、その者たちもどこかで飯を食わなくてはならない。

そうなれば仲間と集まって自炊するか、飯屋などで済ませるかだ。月の賃金が米ではなく銭で払われる信長の軍においては、こうやって飯屋で済ませる者も多い。

そのため、銭が町に落とされ、信長の国は商いが流行る。

新介は行きつけの飯屋である「ひとまる」の戸を横へ開いた。

清洲は、川も海も近く、多くの魚が安く手に入る町だ。店内には炊きたての飯と一緒に焼いた魚のおいしそうな香りが漂っており、それに刺激された新介の胃袋はすぐに鳴る。

夕飯時ということで、中は男で一杯であった。

飯を食う音、客のしゃべる声、注文を厨房へ伝える声などが交錯し、店内はザワザワとした雰囲気となっていた。

店の中には飯を置く台はない。

皆、腰くらいの高さの板間の小上がりの上に乗ってあぐらをかき、自分の前に置いた盆から飯や汁、魚などを食う。夕食ならまとめて銭十文と言ったところだ。

ふと小上がりを見ると、同じ馬廻り衆の服部小兵太《はっとりこへいた》も飯を喰らっていた。

新介は「まだいいだろう」と小袖姿でいたが、小兵太は出陣命令がいつ発せられてもいいように、鎧の下に着る紺の鎧直垂《よろいひたたれ》を身に着け、頭にも同じ色の手拭いを巻いていた。

（すごいのう）

そんなところに新介は感心してしまう。

小兵太とは馬を並べて戦うことが多く、新介はつまらないことをいろいろと話すことが多かった。

そこで新介は小兵太の横へどかりと腰を降ろす。

「おぬしも夕飯を食っておったか」

小兵太は横を向き新介の顔を見た。

「なんじゃ新介か」

「なんじゃとはなんじゃ？」

小兵太は箸を持ち、喉へと飯を放り込む。

そこへたすきがけをした若い女が注文をとりに来たので、新介は小兵太の盆を指して「これと同じ物を頼む」と言った。

奥へ入って汁と飯をささっと椀に入れた女は、すぐに戻ってきて新介の前にそれを置く。

まだ温かい飯を新介も食べながら、二人はいつものような他愛もない話をした。

今川がすぐそこにまで迫っており、戦について心配だが馬廻りの小兵太にしてみれば、命令があればそれに従って戦うだけである。

要するに戦い全体のことなど、夕飯の時間に考えてもしょうがないと言う。

だから、新介は一人で悶々と考え込むことになってしまった。

先に飯を食い終わった小兵太は、椀を重ねて盆の上に置くと「ふぅ」と息を吐く。

「そういや、新介は聞いたか？」

いきなりそんなことを言われても何のことだか分からない。もしやと思って勘で返す。

「今川軍のことか？」

「いや、そのことではない」

小兵太は手を立てて横に振った。そして、すっと口を新介の耳元に寄せた。

「……今、八咫烏がこの清洲に来ておるらしいという噂じゃ」

折角こそこそと小兵太が言ったのに、新介は驚いて大声で聞き返してしまう。

「八咫烏だとっ」

自分と共にいた丹羽秀高を撃たれた新介にとって、八咫烏は気になる存在だ。

店の者がさっと二人を注目するので、小兵太は新介の首を腕で引き寄せる。

「ぬしは馬鹿か？　声が大きい」

「別に小声で話すこともあるまい」

すると、小兵太は辺りをきょろきょろと見回す。

「相手はどんなに離れていても頭を撃ち抜く鉄炮上手じゃぞ。変なことを言えば我々とて、いつ眉間を撃ち抜かれるやもしれぬ」

その顔は真剣そのものだ。

自分も秀高が撃たれた時は、その名を口にすることさえ怖かったから、そういう気持ちも分からなくもない。

実はあの戦が収まってから新介は秀高の亡骸を拾いに行ったのだが、その上に六文の銭が置かれていることに気づき、ぞっとしたのを思い出した。

それは八咫烏にやられた者の印、そう噂に聞く。

戦に関わらぬ者にとって八咫烏は「世を何とかしてくれるかもしれない」頼もしい存在かもしれぬが、侍にとってはいつ撃たれるやもしれぬ怖い存在だった。

「して、八咫烏とはどのような奴だ」

あんな凄いことをやらかす男を、新介は少しでも知っておきたかった。

「それは分からない」

小兵太は腕を組み頷く。

「はぁ。おぬしは先程八咫烏がこの清洲に来ておると言ったではないか」

「そうは言ったが八咫烏をわしがどこかで見た訳ではない」

「それはそうだろうが……」

新介は椀に残った汁を口へとかきこんだ。

「しかし、八咫烏の使者が清洲に来ているのは間違いなさそうだ」

「八咫烏の使者とな……」

小兵太は薄らと笑みを浮かべる。

「八咫烏を見て生きていた者はいない。見た時には皆死んでしまうからなぁ。だから八咫烏に仕事を頼む時は『八咫烏の使者』と名乗る者に依頼するのだ」

「ほぉ、そういうことなのか……」

新介は嬉しそうな顔をしてそれを聞いた。

「しかし、どうしてこんな清洲に八咫烏の使者はやってきたのだ。ここでは仕事を頼める者など一人もいないのではないか?」

小兵太がため息混じりに言うので、新介は気になって聞き返した。

「どうしてだ」

「その仕事賃は目が飛び出るほど高いと聞く。そんな銭を持っているような商人は、すでにここから逃げ出しているだろう。ここで、そんな銭を出せる者は、もう殿くらいしか……」

「……そうだろうな」

そう新介は答えながら、頭の隅にはむくむくと一つの考えが浮かび始めた。

(これは絶好の機会では……)

ふと、そんなことを思う。新介はぐっと身を乗り出した。

「八咫烏の使者にはどうやって会えるのだ」

いきなりやる気を出してきた新介に小兵太は体を引く。

「お前が八咫烏に仕事を依頼でもする気か」

「いや、興味があるだけよ」

少しだけ疑ったような目を向けたが、やがて「そんな銭をこいつが持っている訳もないな」と思い、ふぅと息を吐いた。

「わしだって依頼したことはないのだから、あくまでも噂だぞ」

「おぉ、構わん構わん。わしも噂話を聞きたいだけじゃ」

小兵太は変なことに興味津々な新介に呆れた。

「町に使者がやってくると、その町の神社の一つに八咫烏の札が貼られるそうだ。仕事を依頼したい者はその神社の鳥居に行き、丸の中に×を書き入れた提灯をかけるらしい」

噂に聞いていた使者への連絡方法を教えてやった。

だが、言った本人もそれは眉唾物《まゆつばもの》と思っている。実際には見たことはないのだから……。

「そんなことで連絡がつくのか」

いつでも使者がそこにいる訳ではないのに、大丈夫なのかと新介は思う。

「相手は魔物か神と言われる八咫烏ぞ。鳥居は常に鴉が見張っておって、それだけで依頼主の元へ使者がやってくるらしい」

ふむふむと頷きながら新介は納得した。

そんな二人の側を背中を丸めた小男がひょこひょこと通って行く。

「おい、藤吉郎《とうきちろう》」

小兵太は小男に声をかけた。

「へっ、へい。なんでございましょう、服部様」

すぐ側の台に持っていた盆をおいた藤吉郎は、頭が床につく勢いで深々と頭を下げる。

「殿の草履取りは慣れたのか？」

「はっ、はあ。よくは分かりませんが精一杯務めさせてもらっております」

藤吉郎はまったく顔を上げず、下を向いたまま大きな声で言った。

「そうか、まぁ生涯かけて小者頭くらいにはなれよ」

「はい。頑張りたいと存じます。服部様、毛利様」

顔を上げた藤吉郎は二人に向かって屈託のない笑顔を見せた。信長の草履取りをしているので着ている物は小奇麗だが、顔や手足は日に焼けて真っ黒だった。

それは武士というより農民である。

「藤吉郎とやら、なぜ俺の名前まで知っているのだ」

この者とは初対面のはずだったからだ。

「申しわけございません。私は、ちらりとでも見た御家中《ごかちゅう》のお顔はすべて覚えておるのでございます」

「俺を見たことがあったか？」

「はい。馬廻りの方は全員」

(変な癖を持っている奴だな)

新介は常に楽しそうに笑っている藤吉郎を見てそんなことを思った。

「では、失礼いたしまする――」

最近覚えたからか、やけに大仰な言葉を使う藤吉郎は、また頭を下げると他の台へ向かって恐縮しながら下がっていった。

そんな姿を見ていた二人は思わずフッと吹き出してしまう。

「藤吉郎は元農民らしいが、うまく頼みこんで草履取りとなったのだ。そんな事をしていたところで侍になれる訳でもないだろうにな」

小兵太は呆れるように首を傾げる。

「武士の活躍する噂話を真に受けて『下剋上』があると思っとるのではないか？」

「そうかもしれん。本当は絶対にそんな事はないのだがな」

二人は顔を見合わせた。

確かにそうなのだ。戦国大名のほとんどは元々地元の有力者の出で、武士の血を引いている者が多い。まったくの庶民が領主になれるような事はまずなかったのだ。

新介は、残った汁を腹へ流し込むとすっと立ち上がった。

「ではな小兵太。次は戦場で会う事になろう」

「そうじゃな」

小兵太はニヤリと笑って仲間を見送った。

素早く草履を履き飯屋を出た新介は、戸を閉めると急いで歩き出した。

「八咫烏に仕事を頼めるであろうか？　わしが武勲を立て、殿が引き分けになるように……」

新介は考えるよりもまず行動に出る男だった。

すぐさま提灯屋に飛び込むと新しいのを一つ買い、店の主人に筆を借りた新介は、隠れるようにしてこそこそと胴の部分に大きな丸を書いてから中に×を描いた。

そして、店を飛び出すと町中にある神社へ札を探しに向かうのだった。

◇

四朗は町人が少なくなり、小者だの足軽だのががやがやと集まって、夕飯を食ったり酒を飲んだりしている清洲の町中にいた。

仕事を探すと言っても「銭で人を殺しますよ」と大声で言いながら歩く訳にもいかない。

そこでまずは宿の近くにある神社の鳥居に八咫烏の札を置き、後は町のあちらこちらの店に入りそこで「八咫烏様の使いが今この町に来ているそうですよ」とだけ話して歩くのだ。

そんな程度でも噂の広まりは雷よりも速い。

そもそも神がかり的なものとして八咫烏の名は近江から美濃、尾張、三河まで轟いており、民には大人気である。

だから数日もしないうちに、いつも神社の鳥居に提灯がかかるのだった。

そんな八咫烏への依頼方法は人の噂となって皆知っていた。

後は簡単である。

皆は鴉と思っているが、鳥居を見張っているのは孫十三たちである。

宿は常に札を張る神社の鳥居が見える窓のある場所を選ぶ。

そこから見ていれば提灯がかかれば依頼人が分かり、すぐに後をつけていけば交渉に入れるという寸法だった。

四朗の読みでは清洲で依頼者が現れるには、一週間程度だろうということだった。

どの町でもそれくらいだったからだ。

しかし、宿へ戻ろうとした時、四朗は神社の鳥居に提灯をかけようとする一人の侍を見つけて足を止めた。

ここは神主もおらず小さな社と鳥居が一つだけある、敷地をすべて合わせても百坪程度しかない小さな神社だった。、
それゆえに夕刻ともなると境内《けいだい》に人気はない。

(思ったよりも早いな)

四朗はそう思いながら依頼者の品定めをする。

どんな場所にいようとも撃ち殺せると言っている八咫烏に、いたずらを仕掛ける命知らずは少ないと思うが、もしかすると正体を知った者が孫十三に対する恨みを晴らしにやってくるかもしれない。

だから四朗が、まず使者として動くようになったのだ。

そして、その使者を殺すような命知らずはまずいない。

そんなことをすれば一族郎党皆殺しにあうと、四朗がちゃんと噂を流しているからだ。

侍は小奇麗な茶の小袖と袴を着込み、腰には立派な一本の刀を刺していた。

身分制にもいいところが一つある。格好を見ただけである程度の身分を知ることができる。

四朗をその提灯をかけて満足そうに見つめる侍に近づき、すぐ近くから声をかけた。

「何か八咫烏様にご用でしょうか?」

提灯をかけた瞬間に使いが現れれば、誰だって死ぬほどびっくりするのは分かっていているが、あえて四朗はそうしたのだ。

「うおぉぉぉぉぉぉぉ」

案の定、新介は心臓が飛び出るほど驚き、四朗に向き直った。

四朗はいつものようなにこやかな笑顔を作って新介に見せる。

「おっ、おぬしがそうなのか」

新介は手を大きく振りながら聞いた。

「ええ、わたくしは八咫烏様の使いで、四朗と申すものでございます」

懐から例の証文を取り出して見せた四朗は、頭を軽く下げて新介の顔を見た。

(何かを企むような感じはしないな……)

人相にはその生き様が現れる。性格が嫌な奴は嫌な感じの顔をしているし、幸せに暮らしている者は幸せが顔に出ている。

それは何人もの人を見ていれば自然と分かってくるものだ。商いとは、見た瞬間に相手の素性を読み取れるようにならないとうまくいかない。

騙そうとしている奴は、早めに見抜いて付き合わない方がいい。

少し落ち着いた新介は、膝に両手をつき丁寧に頭を下げた。

「拙者は毛利新介と申す者。八咫烏殿に、折入ってお願いしたい件があるのだ」

「仕事の御依頼ということでしょうか？」

「もっ、もちろんだ。仕事、仕事、大仕事じゃ」

大げさに手を広げた新介は、がっははと笑いながら言う。

「それはありがとうございます」

言いながら四朗は新介の格好をよく見た。

(織田の者は着物も刀もいい)

近江や美濃でも侍はいるが、明らかに織田の侍は銭を持っていた。

銭を持った侍が多ければ国が豊かになる。彼らは食べ物でも着る物でも、いい物を求めて銭を使う。それは武士が誇りを重んじて見栄を張るからだ。

さらに、いつ死ぬか分からぬ武士たちはあまり銭を残しておかない。

そうやって武士が派手に銭を使えば銭は回り、国の商いは繁盛するものなのだ。

「では、早速内容なのだがっ」

新介がそこまで言った所で、四朗は手を顔の前に出した。

「その前に、八咫烏様は『仕事一つ・銭百貫文・半金前払い』ですが、そのご用意はございますか。毛利新介様」

残念ながら新介は、具体的な金額は知らなかった。

「なっ、何と、銭百貫文とな」

まさに言葉通りに、目を飛び出させそうになって驚く。

いつもの見慣れた反応に特に焦ることもなく四朗は微笑む。

「そうです、銭百貫文です。こちらの仕事料はビタ一文まけられません」

これもいつも言う言葉だ。

袖の中から手拭いを出した新介は、さらりと出た額の汗を拭う。

「さっ、さすが。聞きしに及ぶ八咫烏殿。半端な額ではございませんな」

「はい。しかし、八咫烏様はどんな無理なご注文でも失敗したことはございません。ご依頼主様はただ銭を払うだけで夢を叶うのですから、そのくらいは当然の金額かと……」

「そっ、そうじゃな」

当然……といった雰囲気で新介は言ったつもりだったが、四朗にはその動揺が感じ取れた。

(まだ、心が決まっておられぬようだ)

「わたくしはしばらく清洲におりますので、先ほどの条件でよろしければ、またこちらへお越しくださいませ」

「わっ、分かった」

新介の顔には明らかな落胆があった。

「では……」

一人寂しく立ち尽くす新介に向かって、今一度頭を下げた四朗は、直接宿へと戻らぬようにして神社から清洲の町へと消えた。

日の沈んだ群青《ぐんじょう》の空にはもう一番星が輝きだしている。

清洲の町の真ん中を通る道にはたくさんの足軽や小者で溢れている。戦を前にしているが、皆、陽気に飯を食い酒を飲んで、機嫌よく過ごしているようだった。

「……うん?」

四朗は後ろからつけて来る人の気配があるような気がして振り返るが、そこには誰もいない。

「気のせいか……」

四朗は再び前を向くと橋を渡り始めた。

(そう言えば、夕飯について女将にしかと言っておかねばならんかったな……)

夕飯のことが心配になった四朗は足を早める。

そして宿へ戻った四朗は、孫十三が言うであろうことを察して、一階で女将にあれやこれやと細かく注文をした。

「俺には好き嫌いはない」

驚くことに、偏食家ほどそんなふうに言う。孫十三もその一人で「夕飯は何でもいい」と言ったからと本当にそれを信じて出すと、後でとてつもなく不機嫌になる。

それが分かっている四朗は、いつも細かい注文を伝える役をしているのだ。

ここの女将もいつもだったら嫌な顔の一つもしている。

だが、何やらここへ四朗たちが来た頃よりもかなり厚化粧になっていた女将は、四朗からの注文を機嫌よく聞いていた。

「ありがとうございます。女将さん」

四朗はそんな女将にも変わらぬ微笑みを見せた。

◇

明けて、五月十七日。

清洲の町は昨日にも増して、騒がしくなってきた。

民の間では「どうやら信長様は清洲の城に立てこもって籠城戦をやるらしい」との噂が流れ、ここが戦場となりそうだとのことだった。

籠城となるとその城下町はすべて灰燼に帰すと思って間違いない。

敵がやってくればやりたい放題となるからだ。

銭は奪われ、女はさらわれ、最後には町に火が放たれる。

信長の兵たちは、銭をもらって戦をやっているのだからまだいいが、普通の民にとって籠城戦はたまったものではない。

だから、美濃との国境近くに身を寄せる家のある者は、次々と清洲の町を離れていく。

「だから殿はうつけよ」

皆、口を揃えて言う。

農民にとっては領主が今川義元でも織田信長でもあまり変わらない。どちらでも年貢を納めなくてはいけないのだから。だが、他国より尾張の方がやり易かった商人にとっては困った事態だ。

そんな騒々しい町を孫十三は開いた窓からぼんやりと眺めていた。

「こんな時に人殺しを頼む奴などいないだろう」

朝飯をすませた孫十三は煙管をくわえる。

「ですが、平和な町では人殺しなど、何の価値もないではありませんか」

「……この町には余裕がない」

いつもの不機嫌そうな顔を四朗に向けた。

「まぁゆっくり待つとしましょう。昨日ここへ来て、まだ一日目でございますから……」

相変わらずの余裕の表情。

「……まったく……」

窓の外へ目を戻した孫十三の目に、大きな箱を積んで来る馬が見えた。

「あれは銭八十貫ちょうどだな」

孫十三はその動きから中身を予測する。そして、その横へやってきた四朗も窓から顔を出しその者を見た。

「おなごが大金をどうして？」

馬を引いているのは娘だった。馬を引く娘は町の方から歩いてくると、橋の手前にある神社の前に停《と》まった。

二人が興味深くそれを見ていると、娘は両手を合わせて神妙に祈り始め、やがて「四朗様！　四朗様はおられませぬか――」と声を上げ始めた。

遠目なのでハッキリは見えないが、その仕立てのよさそうな着物といい、そそとした足運びといい、きっと良い家に生まれ大事にされている娘であろうことは分かった。

「朝からあんな娘に探されるとは……昨日お前は町へ出て何をしておったのだ？」

孫十三は目を細めて四朗を流し目で見つめる。

「わたくしは何もしておりません。あのような娘に見覚えもないのですが……」

孫十三はすっと娘を指差した。

「罪つくりな奴だな」

そんな間にも娘の「四朗様」と叫ぶ声は大きくなり、その声には必死さがみなぎってきた。

「では話を聞いて参ります、孫十三様」

四朗はそそくさと準備を終えると部屋を出て、宿の戸を開けて表へ出る。そして、川にかかる橋を渡って神社の前へと行った。近づいていくと境内にはその娘しかいない。何かの罠には思えなかった。

着物は薄らと茶の模様が入った小袖で、少し太めの帯を締めていた。それだけでも銭持ちの家の娘である事はうかがい知れる。

「どうかされましたか」

四朗は娘に向かって声をかけた。娘は優雅な身のこなしで振り返る。

「あっ、あなたが四朗様ですか？」

その目は涙ぐんでおり、何年も離れ離れだった者が再会したようだった。

「私が四朗です」

娘ははっと口に手をあてながら小走りに四朗へと駆け寄った。

近寄って見るとその姿がはっきりと見えた。ほっそりとした美しい顔には、切れ長の目にすっきりとした鼻が真ん中に通り、小さな口には薄い紅がひかれている。

「しっ、四朗様……。わたくしは毛利新介の娘で、ややと申します」

「そうでございますか……。毛利様の娘御でしたか」

いつもの穏やかな笑顔を四朗が見せると、娘の頬にぽっと赤味が差す。

「はっ、はい。今日は折り入ってお話が……」

少し開きかけていた胸元を合わせ直しながら、おややは静かにそう言った。

「わたくしにできることだとよいのですが」

すると、娘は馬に積んでいた大きな二つの箱を指差した。

「昨日、父が八咫烏様にお願いしようと致しました件、何卒、お受け願いたいのです。銭は用意いたしました」

少し寂しそうな顔をしておややは言った。

「それはありがとうございます」

だが、四朗は少し不思議に思った。言われてみればおややには新介の面影《おもかげ》があり、確かに親子なのであろう。しかし、昨日は本人が来ていたのに、今日はどうしてここにおらずおややがそれを言いに来たのであろうか……。

「お父上はどうされたのですか」

そう聞かれたおややはぐっと手に力を入れて下を向いた。

「これに父は関係ありません」

「それはどういうことでしょう？」

……おややは事情を話し始めた。

「昨日、父が八咫烏様にお仕事を依頼しようとしたのですが、あまりの銭の高さに諦めたと使用人に話しているのを聞いてしまいました」

四朗は黙って聞いた。

「父は私のために、いつも必死で働いてくれています。ですが、このところ武運にも恵まれず失敗が続き、『もしかすると馬廻りを首になるやも』と悩んでおりました。そこで、私から八咫烏様に父が戦で武運を立てられるようにお願いしにまいったのです」

一家の主である新介が工面できぬ銭を、娘が黙って用意する方法は一つしかない。

四朗はそれを察して言った。

「この銭は、もしやご自分の身を女郎屋に売って得たのではないのですか?」

「はい。明後日には女郎屋に入らねばなりませぬ」

おややは小さな声でそういい再び目に涙を薄らと浮かべた。おややは我が身を犠牲にして銭を作り、父の出世を望んだのである。無論、そんなことを新介が知れば許さぬであろう。だが、一度銭を女郎屋から受け取ってしまえば、親と言えども利子をつけぬ限り取り返すことはできない。そして、そんな銭は新介にはもう残っていない……。

四朗は自分の境遇と重ね合わせ、胸をえぐられる思いだった。

(娘が親のために身を売るなど……)

こんな仕事は受けるべきではない。仕事を受ければおややは女郎屋へ取られてしまう。

「おややさん。こんなことは――」

四朗がそう話しかけた時だった。一羽の鴉が神社の社にぱたりと下りてきた。

鴉はその鋭い眼光をおややへと見せる。

『話を聞かせよ』

腰を抜かさんばかりにおややは驚いた。鴉の後ろにある社の奥から声が聞こえたからだ。

共鳴するその声は、まるで天から響く神の声のようだった。

そして、真っ暗な社の奥には鴉の目のような真っ赤な光が不気味に光る。

四朗は社に向かって頭を垂れた。

「やっ、八咫烏様っ⁉」

おややは社の前に駆け寄り土下座をして、額《ひたい》をぴたりと参道の石畳につける。

『娘よ。仕事の内容はなんだ』

その重層な声はぐわんぐわんと社の中に反響し、こだまのように続いた。

相手はこの世のどこにいても狙い撃つことのできる魔物である。何か失礼があらば、きっとその場で殺されてしまうに違いない。おややはあまりの恐ろしさに細い身を震わせた。

まったく顔を上げることなく、おややは言った。

「父に、父に今川義元の首をとらせて下さいませ！」

その願いに対して社から何の反応もなかったが、後ろにいた四朗が声をあげた。

「あの駿河、遠江を領国として三河の松平を従える、義元公をですか？」

娘は必死で言った。

「そうです。父が馬廻りを務めております、織田信長公を滅ぼそうとしている東海一の弓取り、今川義元をです」

おややは額をつけたままで、その姿からは真剣さが伝わってくる。

四朗たちは今まで数々の殺しを請け負って来たが、これだけの大物はさすがに初めてだった。

（……どうされるつもりだろう）

社に四朗は目を向けた。

「では、来たるべき合戦の最中に、今川義元を殺せばいいのですか？」

四朗が聞くとおややは首を横に振る。

「それではだめなのです」

「どういうことでしょうか」

「ただ殺すだけでは父の功績にはなりませぬ。私がお願いしたいのは『父に今川義元の首をとらせて欲しい』ということです。戦の中、ただ義元が死んだのでは意味がございません」

これは単に狙い撃つだけの依頼ではない。極めて難しいことを要求されている。

（この仕事、かなりの難儀となりそうですね……）

四朗はふっと微笑み、清洲の町の方へ視線を送った。

「お父上を始め織田の皆さまが清洲城に籠られ、ここを今川の軍勢が取り囲んだといたしましょう。城攻めとなればお父上と義元公が接触するような機会はなく、いかに八咫烏様が鉄炮上手とは言えども、お父上の手柄とは見せられないのでは？」

するとおややは少し面を上げ、賢そうな笑みを見せる。

「いえ、その心配はございません」

「どうしてでしょうか」

「父が申しておりました。信長公は絶対に籠城戦などしないと。そんな戦い方を一度も見たこともないと。そうであれば、必ず自ら動き出し、三河と尾張の国境、黒木川《くろきがわ》の河口付近で決戦を挑むはずだ、と言っておりました」

新介は長きに渡って馬廻りとして信長に仕えてきた。その日々の中で、信長の性格や志向をよく理解するようになっていた。それからすれば絶対に籠城などないと言う訳である。

「なるほど。では今川と織田の野戦の最中に、うまく毛利様の手柄としながら義元公を撃って欲しいと言うことですね……」

おややはまたぴたりと石に額をつけた。

「八咫烏様、何卒、願いを聞き入れてくださいませ」

おややからの依頼内容は分かったが、四朗にはそれをどうやって実現すればいいのか手法はさっぱり思いつかない。だが、かなり複雑なこととなりそうだった。

どこでどのような状況で乱戦になるかは分からない上に、今川義元の体を撃つことは許されない。

これはどこかで鉄炮を構えていればいいのではなく、次々と変わる戦況に合わせて自らも移動し、最も効果的なタイミングで撃たねばならないのだ。

（いかに孫十三様であっても不可能ではなかろうか……）

四朗がそう思っていると、社の中から一際大きな声がした。

『承知』

おややは喜びのあまり思わず上半身を起こした。

「ありがとうございます！　八咫烏様。このおやや、御恩は一生忘れません」

そして、涙を流して喜ぶのであった。

おややの顔はまだはっきりとは晴れない。それはまだ八咫烏に言わねばならないことが残っていたからだ。

馬を指したまま、おややは今度は四朗に向かって土下座する。

「ここにある銭八十貫文が私の揃えられるすべての財産です。女郎屋に身売りをし、知り合いから借りられるだけの銭を借りてどうにかここまでは集めましたが、これだけしか用意することはできませんでした。前金で全財産銭八十貫文をここへ置いていきますので、どうか、この仕事受けていただけませんか」

おややは必死で頼み込んだ。

だが、そのおややに向かって、社からは冷たいひと言が飛ぶ。

『否《いな》』

社の奥にある赤い目は怒ったように激しく輝き、おややを責めているようだった。前にいた鴉もカァァと脅すように鋭く鳴く。

（そっ、そんな）

四朗はその八咫烏の厳しい反応に驚いた。

八咫烏は父を思う娘が我が身を売ってまで揃えた銭なのに、二十貫文足りなければ一言で断ってしまったのだから。

「足らぬ銭二十貫文は私が働いてきっとお返しします！　ですからどうかっ」

おややは涙ながらに訴えた。だか、八咫烏は容赦ない。

『銭百貫文と言ったら百貫文だ。それにお前は身売りした体ではないか』

確かにその通りであった。おややが受け取った銭は言わば前借りだ。だから、これからしばらくは最低限の食事以外もらえるはずがないのだ。

「それは分かっております。ですが、今は父にとって一生一代の勝負の時、何とか一度だけこの銭で八咫烏様に願いを聞いてもらえませぬか？　この銭を集めるために、私は必死で……自分の身をも女郎屋に入れて作り出したのです」

『くどい』

八咫烏は、その願いを再びはっきりとはね除けた。

おややはただ父のことだけを思いここまで来たのに、その思いは八咫烏には伝わらなかった。

がくりと落ちた肩が大きく震え、落ちた涙は石畳を濡らした。

「すっ、すみませぬ……父上……」

そんなおややを見ていた四朗がぽつりと言った。

「その足りぬ銭二十貫文。よかったらわたくしが用立ていたしましょうか」

『……むぅ』

社から唸る声だけが聞こえた。

おややは四朗の足許《あしもと》にすがった。

「ほっ、本当でございますか四朗様。わっ、私に銭二十貫文なんて大金……」

四朗はそんなおややを真剣な目で見つめた。

「ただ、……銭二十貫文をわたくしが出す限りは、言うことを聞いていただきます」

「……えっ……」

驚くおややだったが、そう言われて何をしなくては分からぬ歳でもない。一度は目を伏せたがゆっくりと顔を上げた。

「わっ、私は明後日より女郎屋に入る身。そうなれば数々の男に辱められるでしょう。であれば……その……どうされても……」

おややは言いながら言葉が小さくなっていく。

人は覚悟したからと言って現実に耐えられるものではない。反対に言えば現実を知らないからこそ、覚悟ができる。おややは、女郎屋に入ってこれから毎日男をあてがわれて働かなくてはならないことは話に聞いて知っているが、実際にどんな目に合うかは分かっていないのだ。

だが、その辛さを四朗は知っている。

銭二十貫文のために、目の前の男とすぐにそういうことになるのだと考えると、頭には現実的な想像が浮かび顔は赤らみ体が汗ばむ。

「……どんな条件でもいいですね」

両肩に手を置き、ゆっくりとしゃがみこんでおややの顔に頭を近づけた四朗は、じっとその大きな黒い瞳を見つめる。

おややの潤んだ瞳には四朗の顔が映り込んだ。

「はっ……はい……。わっ……私はどうなっても……」

実はおややはまだ男を知らない。なんといっても武士の家の娘である。

それに幼い頃に母を失ったおややは、父新介の嫁代わりのように生きてきたこともあり、周りの娘たちとは違って、そういうことには疎《うと》く育ったのだ。

新介は、一人娘のおややに、やはり同じような育ちの良い、釣り合いのとれた武士の許《もと》へと嫁がせる。そんな未来を夢見ていたはずだ。

そんなおややがこんなことを決意したのは、ひとえに母の代わりとなって新介と暮らして来た父を大切に思う気持ちからだった。

自分の小さな犠牲で……八咫烏様にお願いして……。

そんなことで父の仕官している信長公を救うことができるのなら、自分はそれでいいと、おややは心から思っていただ。

四朗の唇が、おややへとゆっくりと近づいてきた。

おややは初めて見つめられる男の目線に耐えられず、静かに目を閉じた。

（私はいいのです。それで父上が助かるなら）

そう決意して四朗を受け入れようとした。だが、その目から自然と涙がこぼれてしまう。

別に四朗の顔は嫌いではない、いや、むしろ好みと言ってもいいだろう。

だが、そういうことをするのには愛して欲しかった。

それを、今この時になって気が付いてしまったのだ。

細い肩に置いた両手に四朗は力を入れて立たせると、おややを自分から引き離した。

「分かりましたか？　自分の身を売るとはそういうことなのですよ……」

四朗は微笑み、おややの頭の上に手をおいて、やさしく二回叩いて続けた。

「わたくしからの条件は『もう二度と自分の身を女郎屋に入《い》れない』ということです」

おややは四朗の気遣いを理解して、さらに涙した。

「……はい。はい……やっと、分かりました……」

そう言うおややは、とても幼く見えた。

「では、押書をお作りしましょう」

四朗は袖から筆と紙を取り出し、さらさらと押書を作成していく。

その時、社から声が響いた。

『銭の件はそれでいい。だが、この仕事を受けるのに一つ条件がある』

「なっ、なんでございましょう、八咫烏様」

おややは手を胸の前で組み祈るようにして聞いた。

『父、新介に伝えよ。自分の力で義元の所へ辿りつけ』

「じっ、自力で⁉」

『今度の戦で生涯で最も励めと伝えよ』

おややは少し考えた。

確かに今川義元を討つのには近くまで行かなくてはならない。だが、そこへ行くまでの間は八咫烏様に守ってもらわないと父は死んでしまうのではないかと。

だが、選択肢はない。

「分かりました。……父にはそう伝えます」

そこで四朗の作っている押書が完成した。

いつもなら『銭百貫文・半金前払い』を書けばおしまいなのだが、今日はその横に二行の条件が追加されていた。

そして、書き終わった押書をしっかりと手渡した。

おややはゆっくりと顔を上げながら、紙を両手で摑みしっかりと読む。

「八咫烏様が証人です。声に出してしっかりと読んでください」

「はっ、はい。一つ、銭二十貫文は四朗からの借金であるから、戦が終わってからすぐに倍の銭四十貫として、父の毛利新介が返済のこと。二つ、ややは生涯二度と自分の身を女郎屋に入れぬこと」

目線を次の行に移したおややは驚き、瞳孔が少し広がる。

「もし、この誓約が破られし時は、毛利新介、同ややの命を八咫烏様に奪われても恨みは一切ございません……」

読み終わった瞬間、押書をおややはごくりと唾を飲み込んだ。

おややは今更ながら怖くなってきた。ここにいる使いの者も人ではなくて、魔物か何かではなかろうかと。

でなければ、こんな恐ろしい条件をさらりと書ける訳がない。

そして、条文は力を帯びておややを今後縛っていくだろう。

おややがまた自分から女郎屋に入っても、こんな広い世の中で簡単に八咫烏が見つけられる訳はない。

だが、それを破れば親をも殺すと書かれているのだから、八咫烏の存在を身近に感じているおややはそれを絶対に守ることになる。

「いいですね？」

四朗の言葉についに言葉を発しなくなったおややは静かに頷いた。

「では、そこに名前と血判を」

半紙の右端を四朗は指差した。おややは筆でさっと毛利ややと入れる。

書き終わったおややは右手の親指をすっと前に差し出した。四朗は例の小さな刃物でその腹を半寸程切った。

「うっ……」

そんなことでも普通の娘には痛いものだ。すぐに赤い血がそこから少しずつ溢れだす。その手をそっと持った四朗は名前の下へ指をあてた。押書を確認した四朗は、やわらかなちり紙を取り出し、おややの親指を包んでやる。

そして、押書を社へ向けて高く掲げて見せた。

「これで八咫烏様もよろしいですね？」

『承知』

社の奥から力強い声が響き、それまでそこにいた鴉はだっと飛び出して空へと舞い上がった。神社の周りを一周した鴉はそのままどこへともなく飛んで行ってしまった。

おややはそこで起きたことが夢か幻かのように思いながらそこに突っ立っていた。銭の箱はそこへ下ろさせ、四朗は帰るように言う。

ぼんやりと歩きだしたおややは一度だけ振り返り、ゆっくりと頭を下げると神社からいなくなった。

境内には四朗と銭八十貫文の箱だけが残る。

すると、社の後ろから孫十三が不機嫌そうな面で現れた。

無論、その不機嫌な理由を四朗はよく知っている。

「どういうつもりだ」

見ず知らずの他人に向かって見せた四朗のやさしい態度が、孫十三にとっては面白くない。

「今川義元を討ちとれば褒美は必ず出ましょう。信長公であればその褒美、銭四十貫文以上は出してくれるはず。それにかけたのでございます」

「……そうか」

（本当のことは言いたくないのか……）

そう感じた孫十三はそれ以上何も聞かなかった。

「いろいろと勝手をいたしまして、大変申し訳ございません。銭二十貫文はわたくしの取り分から引いていただいて結構でございます……」

深々と頭を下げて四朗は詫びる。

「当たり前だ」

孫十三が憮然として言うと、四朗は嬉しそうに微笑む。

「ありがとうございます、孫十三様」

孫十三は「ちっ」と舌打ちをして煙管を吸った。

それより問題は毛利新介にどうしたら今川義元の首をとらせることができるかだ。

「この仕事、簡単ではありませんね」

四朗は心配するが孫十三は気にしていない。

「そうかもしれんな」

「二万からの大軍を率いる義元公は、強力な供廻りで周囲を守られているはず。無論、敵も鉄炮による銃撃を気にして近くに入れないようにしているでしょう」

「だろうな」

口から白い煙をふっと吐いて孫十三は空を見上げた。

標準的な鉄炮は、約二十五間の距離から撃てば人に当たるように作られている。

戦に鉄炮が導入されてからは、武将たちは警戒して至近距離には敵が入れないように陣形を作ったり、周囲に竹を束ねた防護柵を置いたりと工夫してきた。

孫十三の腕ならその倍の距離、五十間でも命中させることはできるが、突撃する信長軍と一緒に行動する訳にはいかない。だから、どうしてもその距離は大きく開くことになる。

そうなれば、さらに狙い撃つのは難しくなる。

だから簡単ではないと四朗は心配したのだ。

「銭は宿へ運んでおけ」

橋を渡って孫十三は宿へと向かっていく。

「孫十三様はどちらへ？」

「散歩だ」

前を向いたまま孫十三はそう言った。

しばらくすると馬の嘶きが聞こえ、孫十三が馬に乗り、どこかへ出かけて行った。

四朗は銭の箱を宿へ運び終えると、自分の道具箱を開き様々な種類の工具を取り出した。

そして、一発の弾に慎重にヤスリをかけ始めた。

◇

孫十三が宿へ戻ってきたのは夕闇がかなり迫ってきてからだった。

(やっと帰ってきたか)

橋のたもとに生えている木に隠れて、一人の男がそれをじっと見つめていた。

彼は名を小五郎《こごろう》と言った。

「……奴らが八咫烏の使者か……」

戸をゆっくりと閉める赤毛の男を見ながら、腰に差した二本の刀に手をかけ呟いた。

男は橙色《だいだい》の着物を着て足には草鞋を履き、雨を避けるための菅笠《すげがさ》を頭に被る。

刀はしっかりと鞘に収まっており、着物もあまり傷《いた》みはなく野伏のたぐいではない。

しかし、草鞋はかなり使い込まれており、ここまで長い道のりを歩いて来た事を物語っていた。

(あいつらに八咫烏の所へ連れて行ってもらうとするか)

男はそう考えていたのだ。

男の弟は八咫烏に殺された。

だが、弟がなぜ八咫烏に殺されてしまったのかを知らない。

弟と落ち合うべく手紙で連絡のあった村に行ってみると、二人の農民が何かを覗き込んでいた。何のことかとそこを覗きこんだ男は、そこに横たわる屍を見て倒れそうになった。なんと弟は変わり果てた姿となってそこにいたのだ。

小五郎はそんな姿になった弟を見ながら「誰がこんなことを……」と怒りに震えた。

すると、農民たちは口々に言う。

「銭六文ちゅうことは、こりゃ八咫烏様の仕業に違いない」

「あぁ、こいつは何か悪いことしてたんだろう」

間髪入れずに鯉口を切る音が聞こえ、次の瞬間には一人の男の右腕は肩から先がなくなり、切り口からは勢いよく血が噴き出す。

横にいたもう一人はその血を浴びて真っ赤に染まった。

「ぐぁぁぁ」

男が痛みを感じたのは地面に落ちた自分のその腕を見てからである。

あまりの出血にあっという間に気を失ってそこへ倒れ、やがて口から赤い泡を吹きながら痙攣し始めた。

残った一人が「あっあっ……」と言葉を詰まらせ、声を詰まらせる。

小五郎の刀はすでに鞘へと納まっているが、この腕を切り落としたのはどう見てもこいつなのだ。しかし、居合抜きのあまりの速さに切るところが見えなかった。

ずいっと一歩、小五郎は迫る。

「その八咫烏様とやらは、どこへ行けば会える」

「しっ、しっ、知らねぇーよ。おら、知らねえってばさ」

小五郎は刀と鞘に手をあて、再び鯉口を切った。

「面倒な野郎めっ」

「ひぃ」

男が恐怖で目をつぶった瞬間、一瞬右手に涼しい風が抜けた。それが気になって目を開けると、なんと五本の指が真っ直ぐに切られていた。

「ぐぁぁぁぁぁぁぁ」

切り口からはどっと鮮血が噴き出し、農民は左手でそれを押さえる。しかし、そんなものでどうにかなるものでもなく、ずきずきとした激しい痛みが右手を襲った。

だが、これでは先の男のようにすぐに死ぬことはない。

「もう一度聞こう。八咫烏はどこにおる」

菅笠の端が男の額につく距離まで小五郎は近づいた。その冷たい目は農民たちを動物程度、いや命あるものとさえ見ていない。

武士である小五郎にとって農民など、少しでも武士を侮辱すれば切り殺されても仕方のない存在なのだ。

武士の誇りを傷つけた農民など万死に値する。

虫でも見るような目で見つめられた男は、恐怖のあまりがたがたと体を震わせた。

「やっ、やっ……八咫烏様は誰も見たことがねぇ……」

「誰も見たことがない?」

苦しくなった男は「はぁはぁ」と大きく肩で息をする。

「そうじゃあ。八咫烏様は神様なんじゃ。じゃから町には使者と共にやってきて、その方にお願いすれば願いを叶えてくれるんじゃ」

「では、次はどの町に現れる?」

「知らねぇよ。おら、そんなことまで分かんねぇよ」

小五郎は目を細めて微笑んだ。

「そうか」

カチンと音がして刀が鞘から導かれたと思いきや、その刃先は円を描くように宙を舞い男の首筋を回ってから再び鞘へと納まった。

男からすれば首元を風が抜けたような気がしただけだ。

「……なっ、なんじゃ」

しゃべったのがよくなかった。何とか体に載っていただけの首が動いたことでずれ、下から噴き出した血によって首は吹き飛ばされ、横へと転がった。

首を落とされた者はその死の瞬間、自分が胴体から離れていくまでを見られるという。頭部に残っている血で目は働き続け、しばらくは意識があるらしいのだ。

だが、もう男はひと言もしゃべれぬ。

ただ、体だけはまだびくんびくんと痙攣を続けていた。この血のすべてが出てしまうまで、体というのは動き続けるものなのである。

ただ、その筋肉に向かって指示を出す頭部を失ったので、もう歩くことができないのだ。

（八咫烏だと）

小五郎は八咫烏について噂では聞いていたが、詳しくは知らなかった。

銭六文あれば半杯の米は買える。こんな地獄のような世の中で、賊のたぐいであれば六文なんて置いていく訳がない。

だから、六文の置かれた亡骸は自然と「八咫烏様の仕業」と言われるようになったのだ。

小五郎はその眉間に穿《うが》った穴を見て、弟・左門が鉄炮によって撃ち殺されたことを知る。

（なにが八咫烏か、必ず仇をとってやるぞ……）

そう亡骸に誓った。

小五郎はそこから八咫烏の噂を探し廻った。

八咫烏は神出鬼没とのことで最初はまったく手掛かりを得られなかったのだが、弟が死んでからあまり日が経っていないことがよかった。

あと一日でも遅れていたら、弟の亡骸は六文と共に焼かれ、一生行方不明のままだったであろう。

美濃から南へ街道を下りながら八咫烏を追う小五郎は、ここ清洲で「八咫烏の使者が来ている」という噂を耳にしたのだ。

（使者とはいったい……？）

なんでも八咫烏を直接見た者はいない。見た者は必ず死ぬからだ。

だから使者を通して仕事を依頼するらしい。

小五郎は仕事を依頼するふりをして八咫烏を呼び出し仇を討とうと考えたが、その仕事賃はとてつもなく高額との噂を聞いて諦めていた。

そんな大金、家も領地もすべて売らないと手に入らない額だ。

そこで、小五郎は八咫烏の札が貼られたと聞いた神社前で待ち伏せをし、使者がやって来るのを見ていたのだ。

その後をつけて辿りついた先がこの宿だった。

「狙いは使者ではない。奴に八咫烏の居所を聞けばいいのだ」

簡単に八咫烏の所まで案内してくれるかどうか分からないが、小五郎にはもうこの方法しかなかったのだから仕方ない。

そして、時間はなくなりつつあった。ここへは敵が迫っている。

尾張と三河の国境には今川勢が迫っており、清洲で籠城戦になりそうだとの噂を聞いた。

そうなれば八咫烏の使者とやらもここを離れるであろう。

もしそれで見失ってしまったら、もう八咫烏に会える機会は巡ってこないかもしれない。

しばらく橋のたもとで待っていると、宿の戸が開き、赤毛の長身の男が現れた。

その時、馬に乗って宿へと戻ってきたらしい、全身真っ黒な出で立ちの男と何やら話を始める。

「使者とは二人組であったか……」

しかし、二人とも腰に刀はなく完全な丸腰で商人のような身形《みなり》だ。

剣の腕に自信のある小五郎としては、たとえ二人が帯刀していても殺せる自信はあった。

だが、今回は殺しが目的ではない。

（一人であれば口を割らぬかもしれぬが、一人を殺せばきっともう一人は動揺して八咫烏の元へ案内する気になるに違いない）

小五郎はそう考えて黒い出で立ちの男を殺ることにした。

菅笠の前を手で下げ、滑り出すように足を出した小五郎は黒い男を追うように歩き出した。

◇

清洲は十七日の夜になっていた。

「だめだ、だめだ。今日も出陣はないらしい」

代表して話を聞きに行っていた服部小兵太が、大きく手を横へ振りながら、五十人から集まっていた馬廻り衆の所へやってきた。

もちろん、その中には毛利新介もいる。

かなり遅い時間まで残っていたが結局何の結論も出ず、皆に「これは清洲で籠城戦か」

と嫌な雰囲気が漂う。

そんな中、毛利新介は絶対そうはならないと考えていた。

だが、野戦にするにしても機というものもある。

いたずらに時が経てば勝機がなくなってしまう。籠城はしない確信はあったが、信長の出陣命令の遅さには苛立ちを感じていた。

「明日になれば、今川は国境を突破してしまうぞ」

そういう新介に小兵太は腕を組んで答える。

「今川勢は大高《おおたか》城と鳴海《なるみ》城の救援に向かっており、明日には沓掛《くつかけ》城に入るらしい。こちらも周囲に何カ所かの砦を築いて包囲しているが、そんな砦は敵の本隊が到着すれば一蹴りだ」

尾張と三河の国境にあった大高城と鳴海城は、先代の織田信秀《のぶひで》時代には支配下にあったのだが、信秀が死んでから離反し、大高城と沓掛城は今川方のものとなっていた。

信長は黒木川を背にした鳴海城に対しては、丹下《たんげ》、善照寺《ぜんしょうじ》、中島という砦を築き、さらに南にあった大高城に対しては鷲津《わしづ》、丸根《まるね》という二つの砦を作って包囲した。

どんな小さな砦であれ、力押しをするとなれば多くの犠牲を覚悟せねばならない。

鉄炮の登場で、攻める側には大きな変化はなかったが、守る方は格段に有利となった。

今までの遠距離兵器の代表である弓は、その射出時に上半身を壁から出さねばならなかったが、鉄炮は城の天守や櫓の壁面、塀などに開けられた狭間と呼ばれる小窓から銃口だけを出して、体はすべて隠したまま狙い撃つことができるからだ。

鉄炮の出現によって城や砦への力押しは愚策として、避けるしかなくなってしまったのだ。

今回も国境付近では双方の城や砦に兵が入り、睨み合う状況が発生していた。

「殿は籠城することはないだろう」

新介は腕を組んだ。

「それも分からん。今日の軍議も紛糾したが、殿はごろりと横になって皆の話を聞いておられただけだそうだ」

今川勢がすぐ側まで迫っているのに、砦に人を送る訳でもなく野戦の準備をする事もない信長に、新介はだんだん不安になってくる。

これからの前途を示すような漆黒の夜空に輝く星を見上げながら、心臓の高鳴りが止まらない新介だった。

◇

外で馬を走らせてきた孫十三は宿へ入る時、四朗とばったり会った。

「夕飯は何だ？」

「ご飯と汁、おかずは焼いたあゆだそうです」

すると、孫十三はくるりと宿に背を向けた。

「また同じ魚か」

そんな孫十三の背中に四朗は笑いかける。

「ここらで獲れる魚が限られておるのでしょう。きっと戦も近く、港からは思うように魚が運べぬのではないでしょうか」

いつもの良心的解釈を行う四朗に、ぎろりと目を向けた。

「人間が基本的には『善』などと考えないことだ」

「そんなことはないではありませんか。わたくしの周りには孫十三様やカタリナ様といった素晴らしい善人がおられます」

ちらりとだけ後ろを向いた孫十三はため息をつく。

「姉上のような人は奇跡であろう」

すると、四朗は悪童のような顔をする。

「それには賛同いたしますが、カタリナ様に向かって『人間は皆悪なのだ』とは言えないのではありませんか、孫十三様」

四朗の顔を見た孫十三はちっと舌打ちをした。

自分たちはここが地獄だと思っていていい。だが、人のやさしさを信じている姉には、そんな酷いことを言うことはできないと孫十三は思っていた。

怒った孫十三は宿を出て、橋へ向かって歩き出す。

「孫十三様、どちらへ」

「外で食う」

すると、それを四朗が追いかけようとする。

「では、わたくしも」

しかし、右手をすっと挙げた孫十三はそれを止めた。

「今日は一人で食う」

「……孫十三様」

孫十三はそのまま橋へ向かう。

いつも不機嫌な孫十三だが実は怒ることは少ない。だが、姉であるカタリナ絡みとなると、こんなことになるのだと四朗は最近知った。

(少し言いすぎたかな)

偏屈なのは孫十三の方なのだが、四朗はいつもこの面倒な主人を気にかけていた。

「では、お早いお帰りを」

四朗がそう言うと、孫十三は挙げていた手を左右に振った。

幅二間程度の橋は敵が来た時に簡単に壊せるようにと、板と柱を組み合わせただけのものので欄干もない。夜に入ったので人気はなく、その向こうに見える町からは飯を食ったり、酒を飲んだりしている者たちの陽気な声が聞こえている。

四朗は孫十三の背中を見送ると戸を閉めて中へ入った。夕飯を食うためだけに八咫烏を持ち歩く訳もなく、孫十三は懐に財布を入れ、口にはいつもの煙管を咥えている。

何を食おうかと思案しながら、橋を渡り切ろうとした瞬間だった。

後ろから呼び止める声がした。

「御免。少しよろしいかな?」

孫十三が振り返るとそこには菅笠を被り、橙色の小袖に灰色の袴を着た男が、橋の中央にニヤリとした笑みを浮かべて立っていた。

背丈は五尺ほどでひょろりと細いが、着物から出た腕は太く、武術の心得が感じられた。頬がこけ、そこへ薄ら輝く星の明りが入り込み窪みの影が濃い。全体的に埃っぽく長旅を続けてきたことが分かった。

体中から殺気が感じられる。

孫十三はその男に向かって正対すると、口に咥えた煙管を真っ赤に灯した。橋の上で蛍のようにその光だけが浮かぶ。

「何か用か」

孫十三はけだるそうに聞く。

四朗に対して子どものように怒ってしまったことと、腹が減っていたことですでに不機嫌極まりなかった。

「ぬしは八咫烏とやらの使者らしいの」

男は低い声で孫十三に問うた。

「仕事の依頼ならもう受けん」

だが、そんなことはこの男には関係なかった。

「それは残念だが、わしの望みは仕事ではない」

「だったら何の用だ」

菅笠の奥に光る男の目がぎらりと光った。

「会わせてもらいたい。八咫烏とやらに」

孫十三は男の目を睨み返す。

「会わせてやってもいい」

「まことか？」

驚く小五郎の顔を孫十三は見た。

「会ったが最後、地獄行きだがな」

その言葉は男を本気にさせた。すっと顎の紐を解いて菅笠を脱ぐと地面へ置く。傘の下からは鋭い眼光を放つ強面《こわもて》の顔が現れた。その顔にはどこかで受けたであろう刀傷が、右の頬に鋭く残っていた。

「この顔に似た者をぬしは知らぬか？」

星の光を頼りに孫十三は目を細めて男を見た。その顔から一瞬「もしや」と思ったが途中で馬鹿馬鹿しくなった。

「それがどうした？」

「何だとっ」

足を一歩踏み込んだ男は、悔しそうに孫十三を睨んだ。

孫十三は回りくどい物言いが大嫌いである。面倒な会話を続けるくらいなら激怒させて、さっさとこいつの狙いを聞きたかった。

(誰の恨みの者か)

男は孫十三に体を向け、右の口角だけを上げて薄ら笑い、力を込めて言う。

「わしは生駒小五郎。ぬしが使者を務める八咫烏に我が弟左門を殺された」

だが、孫十三にとっては殺した者のことなど、その日中には忘れてしまっている。小五郎にとってはたった一人の弟かもしれないが、孫十三にとっては仕事で殺した一人に過ぎない。

無論、いちいち名前など覚えているはずはない。

「それで……八咫烏に礼でも言いたいのか?」

冷ややかに孫十三は言う。

「なっ、何だと。なにゆえ弟が仇に礼など言わねばならん‼」

「ダニを始末してもらったからだ」

小五郎はくわっと目を見開いた。

「人の弟を捕まえて、き、貴様、ダニと言ったか」

「あぁ、民から銭を奪い、女をさらい手篭めにして殺す。それがダニでなければ何だ」

孫十三は決して無口な男ではない。心の中で思ったことを、普段はただ言わないようにしているだけだ。

だから、相手が敵となれば腹をえぐるような言葉をいくらでも吐くことができる。

「な、なんだとっ」

そして、怒らせることに関しては四朗より弁が立つ。

小五郎は左門が何をしていたかは知らない。家をぷいと出てあちらこちらの武将に仕官して足軽などをやっているとは聞いた。そして、急な使いがあり、新たなことを始めるので近く会いたいと、村へ呼ばれたのだ。

確かに左門は村でもそれほどいい噂はなかった。だが、見ず知らずの輩にここまで自分の弟を愚弄される筋合いはない。

言われているのは弟のことだが、まるで自分が傷つけられているように感じた。

(たかが庶民が何をぬかすか)

相手は商人ごとき。武士に対するそのもの言いだけで切られても仕方ない。

小五郎はゆらりとその身を立て直した。

「貴様……もう許さん。その減らず口を動かなくしてやるわ」

かちゃりと鯉口を切ると刀を少し引いた。刀の横に波の模様のように続く鎬《しのぎ》が星明りを受け、ぎらりと光る。

「口上の長い武士など今は流行らんぞ」

小五郎の本気の目を孫十三は冷ややかに見つめ、すうと息を吸った。

「俺が八咫烏だ」


突然の孫十三の言動に、小五郎は愕然とする。

二人の間には風が吹き、川面にはざわつくように波が立つ。

「なっ、なんと。貴様が八咫烏だと！」

孫十三は笑みを浮かべて更に言う。

「銭百貫文と引き換えにダニを始末したのは俺だ」

自分を親指で指した。

（こいつは殺してやる）

弟の仇と侮辱されたことに対する思いが入り混じる混沌から、燃え上がる殺意が湧き立つ。

刀と鞘が中で触れ、かちかちと言う音が小五郎から聞こえる。

「ここであったが百年目。こんなにもすぐに仇に会えるとは、これも左門の導きであろう」

小五郎の剣の腕は、かなりのものである。

こいつがいくら信じられぬ距離から鉄炮を放つ八咫烏だとしても、今はその鉄炮を持ってはいない。しかも、腰には刀は差していないのだから対抗しようがない。

小五郎が動けば、次の瞬間にはあの世へ送ることができる。

そして、それは一つのことを思い起こさせた。

（噂には八咫烏を見た者は皆死ぬと聞くが、これは初めて俺が顔を知る者となるのではないか？）

伝説に自分が加えられるのではないかと言う高揚感が、小五郎の心の中に芽生える。

孫十三はそんな小五郎に呆れるように、小さくため息をつく。

「弟が俺の前に貴様を導いてやるとは……とんだ愚弟だ」

「どういうことだ？」

「貴様はここで死ぬからだ。絶対にな」

孫十三の鋭い眼光は小五郎の肝を冷やす。

「なっ、何を言ってやがる」

どこからその自信が生まれるのか小五郎には分からなかった。

自分の方だけが刀を持ち、居合の腕もかなりのものだ。だが、小五郎の方が、その威圧感に押されて体が震える。

二人の距離は五間（約十メートル）。

小五郎の腰に差した刀は刃渡り二尺半（約七十五センチ）ほど。刀を勢いよく抜き何歩か踏み込めば、一瞬で孫十三は切り殺されてしまう距離である。

孫十三が八咫烏で撃てば確実に命中する距離だが、町へ飯を食いに行く時にそんな長物を抱えてやってくる奴もいない。

「どんなに鉄炮上手かしれんが、おぬしは鉄炮を持っておらんのだぞ」

そんな脅しに怯える孫十三ではない。

「弟と地獄で暮らすがいい」

孫十三は両手をだらりと下げて小五郎と対峙し、居合の達人と思われる小五郎の手許を注視した。

橋の上の緊張感は一気に高まり、二人には静かな川音しか聞こえない。

橋の下を流れる清洲川の水量は美濃で降った雨を受けてかなりの量となり、その色は泥が混じって薄い茶色となっている。

小五郎と孫十三の間にもはや言葉も交わす必要はなくなっていた。

川の音が聞こえなくなる刹那。

緊張感に耐えきれなくなった小五郎は、刀に手をかけたまま一気に走り込み、孫十三へと迫った。

板の橋の上を草鞋が滑るザッザッという足音が急速に近づく。

怒りに任せて一気に襲いかかった。

「でやぁぁぁぁあ」

至近距離から風のように刀を引きぬくと、どっと前へ引き出す。

星明りを受けた刀は人の生き血を欲するかのように、ぎらぎらと青白く不気味に光った。

孫十三はそこでゆらりと体を動かす。

そして、突然右の肘から先に思い切り力を入れて振り切った。

すると、袖の中から黒いものが落ちてきて、それを右手で素早く摑みとる。

それは手のひらの倍くらいの大きさのもので取っ手がついており、それをガシッと握った。

右手に握られたそれをぐぐっと前方へ持ち上げながら、孫十三は左手で咥えていた煙管を摘む。

小五郎の剣の腕は凄まじく、足さばきは常人のものではなかった。

その迫りくる小五郎の顔に向けて、孫十三はすっと握ったものを向けた。


ダンッ!!


八咫烏とはまったく違う、短い火薬の音が橋の上に響く。

孫十三は目をふっと閉じ、体を横へと向ける。

小五郎の走る勢いはそのままに、ダダッと刀を振りあげたまま孫十三の横を通り抜けた。

そして、しばらく歩いた先でふいに動きを止めると、勢いよくドサッと転び横へひねるように回った。

バシャ――――ン。

まだ少し寒いであろう清洲川に小五郎は転落し、大きな音を発する。

死んだ人間は川に浮く。小五郎は仰向けの状態で伊勢湾へ向かってゆっくりと流され始めた。

刀は落ちた拍子に離してしまったらしく、両手は川の流れに整えられてだらりとなったまま。

右のこめかみには小さな穴が開き、汗のように血が流れ出していた。

孫十三はそんな小五郎が橋の下を潜り、遠ざかっていくのをぼんやりと見つめる。

手にした黒いものを明りに照らすと、そこに鉄炮が握られていた。それはとても小さな鉄炮で一尺にも満たないものだ。

その名を『鴉《カラス》』という。

銃口は約三分の一寸（約九ミリ）。その銃身のほとんどを台木が覆い、鉄の部分はほんの少しだけ見えている程度。台木は黒い漆が塗り込まれており、表面がてかてかと光る。

この鉄炮も八咫烏と同じように金を埋めこむ装飾がなされていた。

まだ銃口から薄らと紫の煙の上がる鉄炮の火挟みから、かちりと短い煙管を取り出した孫十三はそれをまた口に咥えた。

すると、突然念仏が側で聞こえ始める。

「お前は……！」

驚いて孫十三が横を見ると、そこには麻色の鈴懸衣を着た蓮空が立っている。前に雑賀で会ってから既に数年を経ていた。

だが、蓮空の姿はあの時と何も変わっていない。

まるで、あの場所からここへと飛んで来たようだった。

「相変わらずだな孫十三。何も変わらぬ」

「うるさい。俺はあの頃とは違う」

蓮空に孫十三は体を向けた。やはり今日も頭襟と薄い布で覆われていて顔は見えない。

「所詮は十三の種族の生まれということか。自分は違うと思いたいだろうが、自分のために銭を稼いだか、お菊のために働き出したかの違いだけではないか」

その言葉に孫十三は驚いた。蓮空を自分は数年見かけていないのに、自分のすべてを知っているかのようだったからだ。

「お前、どうしてそのことを知っているっ」

孫十三は驚き、手にした小さな鉄炮を蓮空に向けた。

「小型の種子島、懐《ふところ》鉄炮か。名は『鴉』だったか。それは単発であろう。もう一度弾を詰めなくては撃つことはできまい」

顔にかかる布が笑ったかのようにふわりと揺れた。孫十三は言われようのない脅威を感じていた。

(こいつには何もかも知られているのではないか)

そんな気がしてしまうのだった。

「まあいい。お前は何も知らぬようだが、それでもいい」

蓮空はシャリンと長柄の先についた錫杖を鳴らしてぶつぶつと何かを言う。

「どういうことだ。お前はいったい何者だっ」

顔にかかる布の合間から、孫十三は覗かれたような気がした。

「前にも言ったではないか、お前を迎えに来たのだと。お前がそれに従わぬと言うので、仕方なくいつもお前の側にある。影のようにな」

「な、なにい！」

その時、橋の向こうから四朗が走ってきた。

「孫十三様――」

その声に吊られた孫十三は一瞬視線を四朗へと移した。だが、次に横を見たときには蓮空はいなくなっていた。まさに消えてしまったのだ。

「ご無事でございますか。宿におりましたら『鴉』の銃声《こえ》を聞きましたものですから」

「ダニの兄貴を追い払ったのだ」

蓮空のことで頭が一杯になり、すっかり小五郎のことなど忘れていた。

「どうしたのです？」

孫十三の心がここにないことに四朗は気がついた。

「今まで蓮空と話していたのでな」

「蓮空？」

「お前が来るまでここで話していた山伏のような格好の奴だ」

そう言われても四朗には何のことだか分からなかった。

「それは誰でございます。わたくしが宿からここへ来るまで孫十三様を見ておりましたが、そのような人影はありませんでしたよ」

「何っ」

孫十三は言葉に詰まった。今の今まで話していた相手の姿を四朗は見ていないと言う。

（……どう言うことなのだ……蓮空）

孫十三の背中に冷たい汗がすっと流れる。

四朗は心配して見つめているので、孫十三は話題を変えることにした。

「これが役立つとはな」

孫十三は鴉を四朗に見せながら煙管の火を赤くする。

「やはり火種は絶やせませんね」

四朗は撃ち終わった鴉を受け取りながらそう言った。

「火を絶やすのは、死ぬことに等しい……」

少し調子を戻してきた孫十三は、いつものように力強くそう言った。

孫十三は別に煙草好きではない。こうやって突然襲ってくる者に対して、常に火種が必要なことから煙管として咥えているだけで、煙を吸うことはほとんどないのだ。

「狙いが甘い」

孫十三は町へ向かって歩きながら四朗に言う。

「それは大変申し訳ありません。でも、ダニの頭には当たったのではないのですか」

すると、指を一寸ほど開いた。

「これくらいは、ずれたぞ」

孫十三は振り返りながら不満そうに言った。

鉄炮とは筒の一番底にある火薬が爆発して、弾丸を外へと押し出すものだ。

その際に底方向を尾栓で閉じてあるので、すべての力が銃口へ向かい、その強力な力を一身に受けた弾丸が壮絶な速度で筒から飛び出していく。

鉄炮の銃身と弾との間には、僅かだがすき間がある。

四朗は極力この幅を小さくする努力をしているが、それでも弾が一番底まですっと入るようにするためには、紙一重の幅を残しておかなければならない。

そのすき間のせいで、発射された弾丸は銃身の壁に細かく跳ね返りながら進む。

ゆえに、銃身は長ければ長いほど弾丸の方向が修正され真っ直ぐに飛ぶ。

鴉は全体長が一尺で銃身は半尺しかない。当然、四尺ある八咫烏に比べると筒の中で当たる回数が少なく命中精度が落ちるのだ。

「もう少し改良しなくてはいけませんね」

あっという間に次弾と火薬を詰め終わった四朗は、鴉の握りを孫十三に向けた。

「それを連発で撃てるようにはできないか?」

脳裏には蓮空のことがよぎっていた。

「はぁ、何発か連続で……ですか」

四朗はそれを聞いて思案するが、そんなことが簡単にできる訳もない。

すると、孫十三は四朗の肩を叩いた。

「なんとかしろ」

「分かりました、孫十三様」

四朗は弾込めの終わった鴉を孫十三に渡した。

孫十三は、受け取った鴉を革で作られた右腕の留め具に引っかけ、再び袖を被せた。

これは四朗が作った仕掛けで、腕の筋肉に力を入れると外れるようにできており、その途端、手のひらの上に鴉が下りてくる仕組みなのだ。

孫十三は咄嗟の時のために、いつも鴉を着物の下に隠し持っていて、火薬が湿気《しけ》ないようにと毎日四朗が寝る前に入れ替えている。

しかし、鴉を使うことは実際にはとても少なく、カタリナの所でやったように銃身をうまくぶつけて、葡萄酒の栓を抜くようなことにしか使っていない。

「清洲は物騒だな……」

孫十三は不満そうに呟いた。

「では、宿に戻って女将の用意した夕飯を食べられてはいかがですか」

「同じ魚はいらぬ」

不満げな孫十三に四朗は微笑む。

「分かりました。では、私もご一緒します」

「勝手にしろ」

孫十三の少し後ろを、四朗はにこにこしながら歩いていった。

四

桶狭間《おけはざま》の二人

小五郎が藻屑《もくず》と消えたその翌日、……五月の十八日。

今川義元は、朝には味方の最前線の城、沓掛城に入った。

そこで、織田方の砦に睨まれて動けなくなっている大高城へ松平元康《まつだいらもとやす》（後の徳川家康）に兵糧を届けるようにと指示を出した。

この時、義元に領国三河の命運を完全に握られていた元康は命令通り大高城へと向かい、織田軍の僅かな抵抗を一蹴して城に到着していた。

松平の戦力と兵糧のおかげで、織田軍に圧迫されつつあった大高城はひと息つく事ができた。

そこで、義元はその北にある鳴海城を救出すべく、地元では桶狭間と呼ばれる山と谷が入り組む地域へ自ら軍を進めた。

圧倒的大軍を有する今川軍は十九日の早朝から攻撃をかけてくると思われたが、突如丑と寅の刻の間の頃（午前三時）、戦場の一番南方面に位置し大高城に睨みをきかせていた丸根、鷲津の両砦に対して、松平元康と朝比奈泰朝《あさひなやすとも》の軍勢が襲いかかった。

丸根砦を預かる佐久間盛重《さくまもりしげ》は、敵襲の報を信長へと飛ばした。

知らせは半刻もせぬうちに清洲城へと届き、信長は就寝中であったがその報を聞いて飛び起き、『敦盛《あつもり》』をひと舞いし、舞い終わると叫んだ。

「出陣じゃ」

すぐに高らかに法螺貝が何度も吹かれ、近隣で休んでいた本隊の兵が一斉に起きるが、何が起こったのかはさっぱり分からない。

ただ、鳴り続ける法螺貝の音から「出陣」であることが分かるだけである。法螺貝の合図は事前に決められており、吹き方によって出陣準備や集合、行軍の速度、戦場においては陣形の変更などの指示に使われていた。

清洲での籠城戦になるものと織田軍の皆が思って休んでいた寅の刻（四時頃）過ぎに、突如の出陣準備を知らせる法螺貝が鳴ったのだからたまらない。

しかし、こうなったからには準備を整え、信長の元へ駆けつけなくてはならぬ。

信長の方は、急いで起きてきた小姓たちに具足を着けさせながら、

「湯漬けを持て」

と、指示を出し、しばらくして届けられた湯漬けを立ったまま掻きこんだ。

この「湯漬け」とは飯に湯をかけただけのもの。朝飯を作ることは大変な事であり時間が必要だった。そこで、昨日の残り飯に囲炉裏で湧いていた湯をかける湯漬けを食したのだ。

全身真っ黒の甲冑《かっちゅう》に身を包み、腹ごしらえも終えた信長は、毛利新介が引いてきた馬に飛び乗った。

「熱田神宮《あつたじんぐう》へ集合させよ！」

そう言い残して単騎で清洲城の城門を駆け抜けていく。周囲には多くの信長の兵が休んでいたが、すぐに走り出せる騎馬は六騎のみ。

皆、装備を付けるのに戸惑う大騒ぎ。混乱の中を風のように命令は伝わり、一人、また一騎と用意の整った者から熱田神宮を目指して街道を駆け出していくのだった。

毛利新介は信長の見送りが終わると、装備をつけて後を追った。

（ついにこの時が来たか）

新介は気合を入れて、ぐっと手綱を握り直す。脳裏には、昨日家へ戻った時に娘おややからの「戦が始まったらどんなことをしても今川義元の首をとってください。どんなことをしても……」という言葉が何度も響いていた。

それがいつもの励ましであれば新介は何も思わなかった。だが、おややの形相は見たこともない真剣なものであり、まさに命がけという印象であった。

「おややのためにも……今回だけは負けられない」

新介はそう心に誓い、全速力で馬を掛けた。

やがて、門を出て町を通り抜け、橋の前にある神社を通り抜ける。

そして、その時、社の宿の前に立つ人影に驚いた。

「やっ、どうして四朗殿がここに」

すでにぴしりと支度を整えている四朗の方は、いつもの爽やかな笑顔を見せた。

「お働き頑張ってくださいませ」

四朗は去りゆく新介を見送った。

「かたじけない、四朗殿」

新介も手を挙げてそれに答え、他の騎馬と伴に街道を南へと走りぬけて行く。

するとすぐ横には用意の整った服部小兵太が馬に乗り走っていた。

「あのようないい男に見送られるとは……、そっちを始めたのか？」

小兵太は朝の早くから馬鹿な事を言っている。

「なっ、何を言っておる」

思わず頬を赤くしてしまった新介は、にやにやしている小兵太を引き離すようにして全速力で駈けだした。馬廻り衆として殿に遅れをとることは許されない。

「おっ、おい。待て！」

小兵太は追いすがるようにして新介の後ろを走った。


熱田神宮は、清洲からは街道を南下し、何本かの川を渡って、古渡などを通り三河へ向かう道沿いにある。ここから先は伊勢湾が広がっている。

ほぼ全速力で駆けた信長は、辰の刻（午前八時）には熱田神宮へと到着した。

天皇の権威の象徴である三種の神器の内の一つ草薙剣《くさなぎのつるぎ》を祀る神社として、古くから有名であった熱田神宮は、うっそうと茂る森に囲まれた岬の先端にある。

岬へ続く細い通路を歩いて渡る社殿は、南の海に突き出しているのだ。

ここが織田勢の集結場所として選ばれた理由は、境内に多くの兵を休ませるだけの場所があるということと、熱田神宮の神人《じにん》たちを兵として加えるという意味があったからだ。

馬から飛び降りた信長は、早朝からやってきたことに驚く神官に告げた。

「戦勝祈願をせいっ」

「なっ、何ですと」

神官は驚き聞き返す。

「戦で勝てるように祈れと言っておるのだ」

信長は走ってきた若い神人に手綱を渡して馬を預けると、社殿に向かってずかずかと歩いて行く。

神官たちが驚いたのも無理はない。信長にこのような願いをされたことがなかったからだ。風の噂に聞く「神も仏も信じぬ」という噂は、嘘であったのかと思う神官たちであった。

眼前に広がる真っ青な海に浮かぶような社殿を見ながら、信長は頭を垂れ真剣に祈祷を受ける。

信長が神人の応援について話をつけていると、清洲を発した兵が続々と集まってきた。

こうやって迅速な兵力の集中ができたのは、銭で雇われた兵が城下で暮らしていたゆえである。

◇

同じ頃、今川義元は鳴海城救出のため、尾張との国境へと近づいていた。

この日は朝からとても暑い日であった。

桶狭間の両側には高い山が連なり、谷底となる街道はかなり狭い。

こういう地形では迂回路は少なく、南の砦の攻略を松平元康に任せてある以上、敵は鳴海城のある正面方向から来るしかなかった。

「前衛隊、前へ。包囲して一気に押し潰すのじゃ」

義元はまず鳴海城を包囲していた織田軍の中島砦に対して、総兵力五千の前衛隊を送りだした。

命令に従い約五分の一の兵力が前進を開始する。

それを見つめていた義元の所に、背中に旗指し物を差した一人の使番《つかいばん》が馬に乗ってやってきた。

「申し上げます！　松平様は丸根砦を、朝比奈様は鷲津砦を落とされました」

義元がにやりと笑うとお歯黒が見えた。

「それは幸先がよいな。元康と泰朝にはそのまま砦に入って死守せよと伝えるのだ」

「はっ」

使番は馬を廻すと元来た方角に向かって街道を走り去って行った。

街道を進めば進むほど、今川軍は次々とその行く手を阻まれた。

だが、それは地域の民によってである。

行く先々で今川義元の輿《こし》は民に取り囲まれ大歓迎を受けたのだ。義元も民の歓迎を邪険にはせぬので、どうしても行軍速度は落ちる。

本来は沓掛城から桶狭間《おけはざま》というのは大して距離ではないが、義元が到着したのは二刻後の、午の刻（正午）近くになっていた。

輿から前に広がる丘陵地帯を見渡した義元は、左手にそびえる小高い山を見上げた。

「あの山は何と申すか？」

側に控えていた江尻親良《えじりちかよし》が即答する。

「殿、あれは桶狭間山にございます」

春にも関わらずかなり暑くなってきたことで、義元はふぅとため息をつく。兵法書は読むが、武術だの馬術だのの練習を好まない義元は、かなり肥満気味であった。

左に見えるこんもりとした山と周囲の地形を観察した義元は、兵法を考慮して指示を放った。

「あの上に本陣を敷け」

「はっ」

今川軍本隊は左手に桶狭間山の山頂が見える、ゆるやかで開けた丘陵地帯にその本陣を構えた。

さすが義元である。

そこからは救出すべき鳴海城を中心に、それを取り囲む織田の砦など、両軍が展開する地域一帯が一望できた。

今川義元は多くの兵法書を読破してきた智者である。

街道の真ん中の谷で休憩を行うなどと言った愚行は行わない。南で展開する松平元康や朝比奈泰朝の動きを把握し、戦闘を始めた前衛隊が向かっている中島砦が見えるような周囲から一つ高い地形を選びそこに陣を敷いたのだ。

それにこれは鉄炮による銃撃を避ける意味もある。

谷であればいつ山間部から狙い撃たれるやもしれぬが、開けた丘陵地帯にあれば鉄炮を持つ者は山裾から撃たなくてはならない。山頂部を直接狙うことは不可能だからだ。

さらに周囲の地形を見たのは、近くに同じような高さの山が存在しないかを確認したのだ。

この本陣が見える一番近い山頂までは、少なくとも二百五十間（五百メートル）は離れており、二十五間で命中させるのが精一杯と言われる鉄炮ではまったく届かぬ距離であった。

すぐに側面や背後には杭が打たれ、幕が張り巡らせられていく。

江尻親良は準備の進む本陣を見渡しながら、義元に言った。

「信長も意地を張らずに降伏すればいいものを。無駄に抵抗するから多くの兵が無駄に死にまする」

「そうじゃの。そろそろ、世をしゃんとさせねば民がいつまでも困ってしまうでな」

親良は義元を見た。

「所詮、信長はうつけと呼ばれし馬鹿殿でございます。殿が民を思ってのことなど、まったく理解してはいないのです」

「民は犬と同じよ。わしのような将軍家の血筋に連なる者がきちんと飼ってやらないと、皆野良犬になってしまう」

「さすが、殿。お優しきお言葉」

別に義元が変な考えをしている訳ではない。

足利氏がしっかり政事を納めていればよかったが、足利同士が起こした京での混乱が広がってしまい、この世は地獄となってしまったのだ。

そのことは武将であろうが、民であろうが皆分かっていること。

足利氏に連なる名家の出身である義元としては、京の足利が世を納めることができないのなら、ここは分家筋である今川が出て、世を元の姿に戻さねばならないと考えているだけなのだ。

この時代の発想としてはしごく真っ当であり、大義名分もしっかりとある。

「ほれ、民どもはわしが来たことで喜んでおる」

三河領では今川義元は大歓迎であった。

見ると、近くの村々から集まって来た農民が、砦を落とした戦勝祝いにとたくさんの食べ物や酒を持って丘の下へ集まってきているのが見えた。

「どういたしましょうか?」

もう信長に勝ったつもりの農民たちが、わぁわぁと下で騒ぎたてるのを見て、江尻親良は少し心配そうな顔をする。

折角の好意なのだから受けてやるべきなのだろうが、まだ戦の最中《さなか》なのだ。

「よいではないか。民の祝意を受けられないような器量では、世は治められぬ」

輿に乗った義元が手に持っていた扇子をはらはらと振ると、民からは「おぉ！」と歓喜の声が上がり、我先にと本陣に向かって献上品を届けに走ってきた。

他国はもっと地獄であることを知っている民にとっては、義元の国はとても住みやすかったのである。

義元は領国では名君として、とても人気があった。

江尻親良は腕を組み、累々と積み上がっていく品々を見つめる。

「仕方ありませんな」

献上品の中には握り飯や魚も見えた。昼が近づき太陽が照りつける中で、せっかくの祝い物が痛んでしまうことを義元は懸念した。

「では、ここで昼とするか。周りの連中にはあれを振舞ってやれ」

民の運んでくる膨大な食べ物と酒を義元は扇子で指す。

「しかし、酒などもあるように見えますが……」

「親良、何を心配しておる？　後ろは領国、左は松平元康が押え、右は高い山々がそびえておって他に道はない。敵が来るとなれば正面からのみじゃが、そっちには五千の前衛隊がおる。誰がそれを打ち破りここへ来られると言うのじゃ」

扇子で風を作りながら暑そうに答えた。

「御意にございますな」

微笑んだ親良は、

「皆、ここで宴にせよとの殿からのお言葉じゃ！」

と、声を挙げた。

『おぉ〜！』

全員から喜びの声が上がり、兵は皆暑かったので急いで兜や鎧を解き、おのおので飯や酒を受け取ると、あちらこちらで囲みを作って宴会を始めた。

親良もそんな兵たちを見ながら兜を脱ぎ、小者が運んできた酒をぐいっと煽った。

◇

信長は丸根砦と鷲津砦が落ちたことを熱田神宮で聞いた。

この戦いで丸根砦を守っていた総勢五百を率いる佐久間盛重は、場外へ出て白兵戦を展開し、小者も加わった突撃を行い、壮絶な最期を遂げた。

その戦いっぷりは獅子奮迅《ししふんじん》の働きで、攻め入った松平元康も称賛したほどである。

同じく、鷲津砦でも飯尾定宗《いいおさだむね》、織田玄蕃《げんば》などが討死《うちじに》し、残りの者は敗走した。

戦勝祈願を行った途端の敗戦報告に、神官たちは「意味がない」と叩き殺されると覚悟した。

だが、信長は冷静に、

「であるか」

と、だけ言った。

信長はここで空の様子を気にする。

古くから食べ物を長期保存するために使われてきた塩は、浄化する力があると考えられ神事に用いられてきた。そこで熱田神宮でも海水で体を清めたり、海に面した場所に作られた塩田で作られた塩を使ってお祓いを行っていたのだ。

塩田は下地が砂浜となっている場所に大量の海水を撒き、太陽の熱を使って水分を蒸発させ塩を取り出すための田んぼだ。日射によって水を飛ばす行程で雨が降れば、せっかくの塩の結晶が崩れて海水へと戻り、元も子もなくなる。

ゆえに塩作り職人は天気に詳しい。

それを知っていた信長は、熱田浜で塩を作っている棟梁を呼びつけ、

「今日は作るのか？」

と、聞いた。

すると、暑さでぐんぐんと大きくなっている雲を棟梁は見上げた。

「今日は作りませぬ。午後から雨が降って台なしになりますので……」

額に手をあて年老いた棟梁はそう呟いた。

それを聞いた信長は、やはり「であるか」とだけ言った。

熱田神宮で待っている間に追いついてきた兵と、神人を加え数は千近くになった。その兵を率いた信長は、街道沿いにある丹下砦から善照寺砦へと入る。

時に、五月十九日、巳の刻（十時）である。

砦に信長が到着したことで士気の上がった佐々勢は、眼前に迫る今川勢に攻撃を仕掛けたが、その際に佐々《さっさ》隼人正《はやとのしょう》や千秋《せんしゅう》四郎《しろう》などが討ち取られ惨敗。

それもそのはずで、佐々勢は総兵力三百に対して今川軍前衛隊は小者を含むとは言え、五千の兵とぶつかったのだから話にならない。兵力差は十倍を超えていたのだ。

戦いは半刻も続かず、信長軍は砦へと逃げ帰った。

佐々勢の敗戦を目のあたりにした信長は、義元が宴を始めた午の刻頃、さらに一つ奥にある最前線の中島砦に移動した。信長の兵は中島砦に続々と到着し、兵力は二千となった。

これは小者を入れた数ではなく、侍ばかりの実戦力数である。

尾張と三河との国境である桶狭間は清洲から近く、信長軍は兵糧の心配のない距離である。そのため、戦いと関係ない小者などはすべて清洲へ置いてきたのだった。

次の飯が食えるか否かは、この一戦にかかっている。

この戦いで負ければ兵糧どころではない。

勝てなくても引き分けに持ち込み今川軍を撤退させることができれば、清洲まで戻ってゆっくりと祝杯をあげればいいのだ。

信長の側で馬廻りを務める毛利新介と服部小兵太も中島砦にいた。

砦の奥で軍議を行う信長を二人は外で待っていた。二人とも背水の陣とも思われるこの砦の雰囲気に緊張する。

「戦況は悪そうじゃな」

小兵太は槍をくるりと回しながら言った。

「南の二つの砦は相次いで落ちてしまったからな」

「殿は援軍を差し向けなかった……」

小兵太は不安を感じていた。

「あれはあれで意味があったのだ。ああすることで今川軍は南北に分断され、我々が相手にしなくてはいけない兵は半分になったのだからな」

新介は力強く小兵太に言い聞かせる。

「しかし、先ほど佐々勢が戦ったが何騎も討ち取られたようだ。向こうの兵はまだかなりいそうだな」

「我らは信長様と共に行くしかないのだ」

新介は小兵太の肩をぽんと叩いた。

「そうか……、今日の新介は何だか心強い」

小兵太はありがたそうに同僚に微笑んだ。

「わしはいつも通りだ」

おややを思い出し、新介は握った拳にぐっと力を入れた。

新介は今度の戦で武勲なくば腹を切る覚悟で臨《いど》んでいるのだ。ゆえに気合も入る。

すると、軍議を終えた信長がやってきて嬉しそうに空を見上げた。

「この様子では、天気が崩れそうだ」

小兵太と新介が一緒に見た伊勢湾の空には、鼠色の雲が浮かんでいるのが見えた。

「では……鉄炮が使えませんな」

新介は信長に言った。

「そうだ。全員に槍を持たせよ！」

その命令は一瞬で伝わり、鉄炮は砦に置かれ、兵は皆槍を小脇に抱える。

「では行くとするか」

信長はひらりと馬に跨ると刀を抜く。

背後にある伊勢湾の方からゴロゴロと雷の音がする。皆が振り返ってみればそこには真っ黒で、雷を伴う不気味な低い雲が早い足で戦場の空へと滑り込み始めた。

海で多くの水を吸い上げて立ち上る雲は、今にも崩れて泣き出しそうである。

信長はニヤリと笑った。

「全員、わしに続け――‼」

『おぉ――‼』

織田の兵総計二千は地響きのような鬨《とき》の声を上げ、密集隊形を形成して後を追った。

信長軍は長さ三間半もある長い朱槍を持ったまま、たくさんの徒歩の者が信長について走って行く。

尾張兵は銭で集められているため、訓練をしっかりと行える。

他の国では普段は農民である者を農閑期に銭も払わずに集める。それに住んでいる場所は自分の田畑近くになるため、領国内に広く散らばってしまい集まることが難しい。

ましてや、農業と何の関係もない軍事訓練などに人が集まる訳がない。

だが、銭で雇われる信長の兵は農業をやっていないし、清洲にほとんどの者が詰めている。よって毎日訓練を行うことが可能だった。

一対一なら槍をどう扱うかで強い弱いが分かれるが、膨大な槍の穂先で壁を作り一気に押し出して行く戦法は、号令に合わせてどれだけうまく集団が動くかで勝負が決まる。

織田軍はこういったことでは日本一の軍隊だったのだ。

そして、今川軍は初めて織田軍の本当の戦い方を味わうことになった。

信長を中心に形成された紡錘陣形は、中島砦からもの凄い勢いで飛び出した。砦の外に出ればそこには、さっき佐々勢を粉砕した敵兵力五千が待ち構えている。

信長軍はその兵二千。

うぉぉぉと勢いよく今川軍前衛に突っ込んだ織田軍は、膨大な槍を前にしながら横一線にして突っ込んだ。

「なっ、なんだあれはっ」

その統一された動きに今川軍は一瞬怯《ひる》んだ。

三間半の槍を持った敵兵を倒すには四間の槍がいる。しかし、東海において一番の槍の長さを誇るのは織田の三間半の朱槍なのだ。一対一なら槍を避けて横から回り込むこともできるだろうが、針鼠のようになった紡錘陣形には付き込む隙はない。

「下がれ、槍と距離をとれ！」

刀を持った足軽も馬に乗った騎馬武者も、例え三間の槍を持った長柄足軽でも、その突撃に対しては後ろへと下がるしかない。

戦場での一歩の後退は永遠の後退へつながる。

前方が雪崩を打って崩れると、それがよく見えない後方部隊も危険を感じて逃走を始めるからだ。

こんな状況で耐えられるかどうかは、指揮官の力量と兵の質の問題だったが、残念ながら今川勢にはその両方が不足していた。

その数五千とは言っても、武士と呼ばれる実際の人数は千名程度だったのだ。信長が進むだけ今川勢は後退を開始し、三河へ向かって街道を一気に追い返して行く。

信長のすぐ側にあった新介と小兵太も号令に合わせて槍を振り回し、ひたすら敵の前衛部隊を叩きつぶして行く。やがて、どっと崩れた敵兵の背中にぶすりと槍が突き刺さり、背中から胸を貫かれた兵は「ぐはぁ」と血を吹きながら戦場に倒れる。

ここでいつもならその兵から身ぐるみを剥ぎ、首を落とすところだが、

「首は捨て置けぇい」

と、信長が檄《げき》を飛ばすので、皆、速度を落とすことなく屍を越えて走った。

戦でどう働いたかを示すのは、戦後に行われる論功行賞に持ち込む首の数である。

そのため、本来は討ち取った者はそこに残って首をぐりぐりと切る。

だが、今日の戦いは尾張の存亡がかかった戦いなのだ。

いくら首があっても論功行賞の場所が残らなかったから意味がない。そんなことが全員分かっているので、首は置いて全速力で走ったのだ。

今川軍前衛の真ん中に楔《くさび》を打ち込んだ織田軍は、そのまま中央を突破して敵を左右に分断する。

こうなっても数で言えば左右に二千五百ずつの兵がいるはずなのだから、しっかりと共闘すれば挟み撃ちのできる有利な陣形とも言えるのだが、敵によって集団が二つに裂かれると左右の連絡が突如として断たれ、指揮官を失った備《そなえ》（部隊）は崩れ去り一気に逃走に入ってしまう。

中央突破とはその集団を一気に崩壊させる必殺の一撃なのだ。

上から見ていれば備というものは一つの生き物のように見える。だが、その一つ一つの点は人であり、誰だって自分の命は失いたくない。

「下がれ！」

敵が言ったか味方が言ったが分からないその叫び声が、勢いのある織田方を勇気づけ、追い込まれている今川方には動揺を誘う。

左右に分かれて崩壊した今川軍は、三河方面へと続く街道に向かって殺到し、一目散に逃げだした。

「逃げていく者などほっておけ――!!」

馬上から信長は叫び、追撃しようとする陣形を再編成する。

隣りの者が全速力で逃げ出し、前の奴が槍に刺されて死んでいるのに必死に領主に忠誠を誓って戦える者は少ない。武将だろうが小者だろうが、誰もが死ぬのは怖いのだ。

残った五百名程度の武士たちは、今川義元が陣を敷く桶狭間山の麓方向へどんどん後退していくが、立ち止まれば片っぱしから討ち取られる。

信長軍のすぐ右側にあたる鷲津砦には、午前中の戦いで砦を落とした朝比奈泰朝の軍がいたが、砦からは出ようとせずに信長の突出を静観してしまった。

だが、それを馬鹿者とは一概に責めることはできない。

今まで圧倒的に有利な状況であった今川軍が半刻もしないうちに崩れるとは泰朝も信じられなかったし、平野にあった鷲津砦からでは戦場全域の動きが把握できず、義元より「砦を守れ」と言われていたことで、出て戦っていいものか判断がつかなかった。

今川軍は織田軍の倍の兵力なのだ。一時的に苦戦したとしても、最後には逆転するだろうと誰もが思ってしまった。

戦いの最中、簗田出羽守《やなだでわのかみ》は今川義元が「この先の桶狭間山の丘陵地帯で休息中でございます」と信長に進言した。

その時、真っ黒に染まった空はピカリと光り、ドンと大きな雷鳴が戦場に響き渡る。

山とは言っても桶狭間山は大した高さではない。馬で駆ければ百を数えるうちに登りきれるような小さな丘陵なのだ。

丘の上を見上げる頰にぽつりと雨粒が落ちる。

それを籠手で拭いながら信長はふっと笑った。

「目指すは今川義元の首ただ一つ‼」

ぶんっと振り回した刀が山頂を目指して止まる。

「突撃――‼」

◇

信長と進めばどんな敵でも蹴散らせると高揚感を抱く二千の兵は、丘へ向かって駆け上がりだした。

本陣に信長軍が迫っているのだから、今川軍は迎撃態勢なり、本陣を後方へ遠ざけるなり動いている……はずだった。

しかし、地元の者から送られた戦勝祝いには大量の酒も含まれており、一度始めてしまった宴は簡単には収まらない。

せめて丘陵から戦場がきれいに見渡せていれば危険を察知することができたかもしれないが、桶狭間山という少し高い場所に本陣を張ったことがこの時は裏目に出た。

戦場に低く入り込んだ靄《もや》のせいで今川軍本陣からは、信長の出撃した中島砦も先行している前衛部隊の様子もよく見えなくなっていたのだ。

もちろん、うわぁという大きな兵たちの声は先刻より聞こえているが、それは自分たちの前衛部隊であり、倍の兵力で信長軍を追い込んでいる声だと考えていた。

そして、その時、空からぽつりぽつりと雨が降ってきた。

「雨だと……」

空に向かって義元が手を差し伸べると、その量は突如もの凄いものとなった。

ズザッ――――‼

神様が空から桶でぶちまけ始めたかのような雨が降り注ぎ、戦場は激しい雨音に包まれる。

しかも伊勢湾から吹き込む強い西風によって横殴りの雨となった。

今川の兵は「せっかくの宴が水の泡だ」とおのおのが酒や食い物を持って、近くの大木の下へと移動して雨風をしのごうとする。

伊勢湾で多くの水分を含んだ雲が、この付近の山へ入る瞬間に雨を降らせる。

それを信長はよく知っており、反対に東海の天候が比較的穏やかな地域に住む義元は、この地域の複雑な天候変化を知らなかったのだ。

激しい雨の最中、ピカッと稲妻が光り、ドンと落雷する。

義元は名家の生まれである。

戦場が突如雨にまみれ、雷が鳴っても、小者たちのように木の下へ避難することなどしない。

周囲の者が散って行く中で側近たちだけが天幕の中に残り、その中心で輿に乗ったままで義元は空を見上げていた。

「信長の命運も、すでに尽きているかな……」

江尻親良は丘の上から戦況を確認するが、雨が激しく、まったく何も見えない。

鎧を伝って落ちる水滴を親良は振り払う。

「降雨前の我軍の鬨の声から推測いたしますに、敵軍は先ほどと同じように攻撃をしかけてきたものと思われますが……」

「こちらは敵の倍の数。さっきと同じようにまた撃退しておろう」

「はっ。そうと思われますが、しかし、この天気では何とも……」

義元は伊勢湾のある西の空を指差した。

「見よ親良。この雨はそれほど長くはない」

確かに一番奥にある雲には明るい切れ目があり、そこから出た細い光は海を照らしていた。

「では、天候が回復次第、戦況を確認いたします」

「そうじゃな。誰かが信長の首を引っ提げて来るだろう。その者に褒美をやらねばな！」

「御意」

しかし、二人のその読みは外れた。

鎧に矢の刺さった一人の使番が、倒れるように本陣に飛び込んで来たからだ。

「申し上げます！　てっ、敵がすぐ直前まで迫っております」

「なっ、何」

親良が刀に手をかけ一歩前に足を出した時、もう馬蹄はすぐ近くまで迫っていた。

義元は輿の上にあぐらをかきながらうむっと唸る。

「輿を上げよ」

『はっ』

輿を持つ四人の兵は手に力を入れて肩まで持ち上げた。

◇

「今川義元を探して首を取るのだ‼」

激しい雨と雷鳴の轟く中指示された信長の命は、二千名全員に伝わり一路本陣を目指す。前衛の生き残り五百名を排除するために、左右の兵を残し中央の騎馬と徒歩はさらに突進。

桶狭間山へと続く丘陵を一気に駆け上がって行く。

大きな木もなく開けている丘には敵兵は少なく、百も数えるうちに天幕が張りめぐらされている敵本陣が目前迫った。

本来であればここには今川の兵が守っているのだが、皆、雨宿りに周囲の木の下にいたのである。

その兵たちにしてみても、突然現れた軍団をまさか信長軍だとは思えない。目を凝らして見ても雨は激しく、黒い雨雲のせいで昼間にも関わらず暗い。

それが敵と分かったのは先頭の騎馬が天幕を突き破った時である。

「義元様をお守りしろ——‼」

側にいた関口氏経《せきぐちうじつね》が叫んだことで状況を把握した兵が対応を開始するが、ほとんどの者が宴のために兜、鎧を脱いでおり、刀や槍が遠くにおいてある者もいた。

しかも、多くの者が酔っ払いなのだ。

酔いを激しい雨と敵襲によって無理矢理吹き飛ばしながら、何の装備もなく刀を振りかざし、完全装備の織田軍の前へと立ち塞がる兵もいるが、次々と殺されるだけだった。

突然の襲撃に状況が把握できていない今川軍では、敵と味方の区別ができなくなり同士撃ちを行ってしまう始末。

その大混乱の中に新介もいた。

「いやぁ――――」

今川の足軽から突かれた槍を寸前にかわした新介は、自分の持っていた三間半の槍を振り回して敵を叩くが、その長さがあり過ぎて先端の穂は当たらずに、銅金《どうがね》部分が当たってしまう。

「くそっ」

この乱戦では不利と考えた新介は、朱槍をそこへ投げ捨て、素早く鯉口を切ると刀を抜いた。今川の兵はするりと槍を手元に戻すと、もう一度しごきなおして新介の顔に向かって突き出す。

新介は、その槍に向かって飛び込んだ。

ビュンと唸った矛先は新介の頬をかすめ、側を通ったことで切れた皮膚からは血が吹き出す。だが、怯むことなくそのまま槍に沿うようにして走り、

「やぁぁぁ」

と、刀を左下から右上へ向かって切り上げた。

「があああぁっ」

足軽の胴と体がざっくりと切れ、そこからおびただしい血が流れ出し、新介にも降りかかる。

新介は目をつぶりながら、もう一歩踏み込み「やぁ」と腹に刀を突き立てた。

足軽はそれで絶命し、体を痙攣させながらばたりとそこへ落ちる。

新介は刀を体から引き抜き、ぶんっと血を払うと顔を上げて義元を探した。

「どこだっ、義元はどこにおる」

周囲では激しい豪雨の中、敵と味方が入り混じりながら大混戦となっているが、装備が整っており味方が固まって行動している織田軍の方が圧倒的に有利に展開していた。

ピュン！

新介へとくるりと回りながら飛んだ矢が、肩から下がる鎧を貫く。

その一瞬に素早く動いたことで体には突き刺さらなかったが、一歩間違えば死んでしまうところだった。新介は丘陵を転がりながら弓を撃った敵兵から見えないように動く。

一瞬、恐怖にとらわれそうになるが、新介はおややの顔を思い出しパンッと顔を叩いて気合を入れ直す。

(今日は負けぬぞ！)

新介はおややのことを思い立ち上がって戦場を駆けた。自分が武勲を上げねば皆が幸せにはなれぬのだ。

「義元はこちらぞ！」

その時、雨の音にかき消されそうにだったが声が聞こえた。

「畜生‼　こうなったら自分の力で義元の首をとってやる」

だ。

新介は刀を振りかざし激しい雨降る本陣の中を走り抜けていく。

ふと横を見ると、そこには服部小兵太がいた。彼もさっきの声を聞き駆けつけて来たのだ。

「新介も生き残っていたか！」

槍をびゅんと振り脇に抱えて小兵太は言った。

「武勲を上げねば清洲へ帰れぬ」

新介としてはどうしても生き残っておややに、父の武勲の報告をしてやりたい。

その静かなる闘志が新介を燃え上がらせ、必死で戦いながら前に進んだ。

そんな二人が天幕を突き破り丘陵地帯の下り坂へ出た時だった。

「あれだ。義元見つけたり！」

小兵太が大声で叫んだ。

二人とも輿を中心に大混乱となっている斜面を駆け下りた。

輿に乗った義元は追いすがる織田軍の包囲と追跡をかわすように、くるりくるりと回りながら、四隅を受け持つ近習《きんじゅう》たちが槍や刀で追い払う。

「親良！　親良！」

輿の上で義元は叫ぶが、その横で敵と刃を交えている江尻親良もそれどころではない。

「殿、早くお逃げください」

そういうだけで彼には精一杯である。

「わっ、分かっておる。皆の者、撤退せよ！」

義元は、必死に輿の縁を掴みながら叫んだ。

しかし、そんなことは輿を持つ近習たちにも分かっている。

前に進めないのは、輿を斜めにできないからだ。そうすれば今川義元が落ちてしまう。

斜面で輿を水平に保ちながら片手で戦うのは容易なことではない。

そんな輿の動きに、ほんの少し親良は気をとられた。

「うっ……」

ぶすりと言う鈍い音がして、親良の胸には織田軍の足軽が放った槍が深々と突き去刺さっている。

「はっ、早くお逃げに……」

親良は槍を両手で持ったまま絶命した。

すでに織田軍は何度か義元を包囲していた。だが、周囲を守る者を少しずつ減らしながら突破口を作り義元は街道へ向かっていたのだった。

しかし、数の差は圧倒的であり、義元周辺の護衛は瞬く間に数を減らして行く。

新介と小兵太が義元を見つけた時には、ついに護衛はいなくなり輿を持つ四人のみとなっていた。

「すまぬが義元の首、先いただくぞ！」

小兵太は上から輿に向かってポンッと飛んだ。

「こうなったらっ」

こんな所で先をこされてはたまらぬと、新介も続いて飛んだ。

最初に着地した小兵太は、素早く立ち上がり「いゃぁ‼」と輿の上にいた義元に向かって槍を突き出した。

その瞬間だった。

ズダ――――ン。

いつぞやの木曾川の畔で聞いた甲高い音が聞こえた。

(この音は……しかも、この雨の中で種子島が使えるだと⁉)

新介には音しか聞こえなかったが、その音は確かに八咫烏の銃声だった。

やはり今度も風のような何かが目の前を通り抜け、小兵太の槍は真ん中から突然折られて槍先は後ろへと飛んだ。

(動く槍を撃ったのか?!)

それがなぜ折れたかを知るのは、目を見張って驚く新介だけであろう。

輿を守る近習たちは最後の盾、そう簡単には義元をやらせる訳にはいかぬ。

槍を失った小兵太に刀を抜く時間はなく、左前を守っていた近習が槍でぶんと大きく打ち払った。

「うあぁぁぁ」

小兵太は敵の槍を膝に受けて倒れる。すぐに膝からは血が吹き出し、血の出た箇所を押えながら丘を転がり落ちていく。

新介は、一人、輿の前に立ち塞がった。

激しい雨が兜を叩き、目の前の光景が霞む。

（こっ、これは……）

戦いは織田軍有利だがここでは関係ない。

輿を守るは四人に対して自分は一人なのだ。それを見た今川側も少し表情に余裕が生まれる。

いつもなら新介はうろたえ、皆が来るのを待っただろう。

しかし、今日は違った。

丘陵地帯の上を見ると織田軍が「義元はこちらぞ」と数名降りてきているのが見えるが、そいつらを待っていたら義元の首を自分が取ることはできないかもしれぬ。

新介の脳裏にはおややの見送ってくれた真剣な眼差しが浮かぶ。

（やってやる！　手柄は俺のものだ！）

刀を中段に構えた新介は輿を持つ武者どもをぎろりと睨みつけた。

その時、再びあの音がした。

ズダ――――ン。

今度はそこにいたすべての者が銃声のする方角に目をやった。

新介には、時の流れがゆっくりになったかのように感じた。

それまで激しく続いていた雨音もゆっくりと聞こえくる。

ピィイイイイイ。

木曾の川原で聞いた時は怖かったあの音が、今は新介の背中を押してくれるようだった。

遥か二百五十間（五百メートル）はありそうな街道を挟んだ山の上から放たれた黒線は、前に見たときよりも激しい渦を描きながら瞬時に空を渡りきった。

ビシッ‼

新介に相対していた近習の眉間に穴が開き、さらさらと鮮やかな血が流れ出す。

「や……やたがら……す」

近習はうめくように言った。そして、新介には今回も見えた。

まるで鴉のような禍々しい黒い鳥がその眉間へと吸い込まれていく瞬間を。

ばたばたと兜を叩く水音で新介は我に返り、その時間はまた普通に進み始めた。

武者から流れる血は雨によって地表へ着く前に消えていく。

同時に輿を持つ手からは力が抜け、撃たれた近習はその場に崩れるようにして倒れた。

四人で持つからこそ輿は安定するのであって、三人では重心がずれてしまう。

輿が前のめりとなり、義元は滑り落ちるようにして落ち、四つん這いとなって地面に転がった。

新介の目の前に。

（……八咫烏が何故……）

一瞬、何故かおややの顔が浮かんだ。

新介は戸惑ったが、考えている時間はない。

「とっ、殿！」

輿を持っていた残った三人が駆け寄ろうとするが、そこには新たに織田勢が追いついてきており、自分たちの身を守らなくてはならなかった。


「義元！　覚悟――‼」


新介は思いきり刀を振り上げ、渾身の力を込めて義元の首に向かって振り下ろした。

すっと、半円形を描いた刀は義元の首筋に入り込み、胴と頭は永遠に別となる。

新介は、素早く拾った義元の髪を引っ摑み、高々と上げた。

「義元が首！　ここに毛利新介が取ったぞ――」

周囲の織田勢にはその叫び声が次々と伝わり戦場に静けさが訪れる。

そして、

『うおぉぉぉぉぉぉぉぉ‼』
と、鬨の声を上げる織田勢の声が丘陵地帯にこだました。
こうなってしまってはもう戦う意味はない。
今川勢は戦う気力を失って討ち取られる者、山へと逃げていく者とまさに総崩れ。
何度も勝鬨を上げる山頂に、やがて一頭の馬がゆっくりと現れた。
新介は首を持ったままそれを見上げた。
「と、殿っ」
信長は、くるりと馬を横へ向けた。
「毛利新介、大義であった。皆の者！　長居は無用、引き上げだ！」
刀を振って鞘に収めた信長は、もと来た方に向けて、どどどっと丘を下らせて行く。
そうすると、雨は突如上がり、見える伊勢湾にはもう日の光さえ差している。
新介も義元の首を抱えると信長の後を追うようにして走った。
（やった……やったぞ……）
新介は家族のことを思い、泣きながら走ったのだった。

◇

今川軍は乱戦の中で総大将義元だけではなく、松井宗信《まついむねのぶ》、井伊直盛《いいなおもり》、久野元宗《くのもとむね》などの多くの武将を失った。そのため、雨が上がると残っていた兵は駿河へ向かって退却した。

占拠した後、大高城の守備を命じられていた松平元康も目的を失い撤退。後に岡崎城に帰った。

信長軍は桶狭間の戦いに勝利したことに士気が上がり、六月二十一日には義元が桶狭間に入る直前にいた沓掛城まで進出して陥落させた。

その後も頑強に抵抗した鳴海城については、新介のとった義元の首との引き換えを条件に開城された。

今川義元は地元の住民からも臣下からもとても愛されていた。だから、城と首を交換したのだった。

つまり、新介の働きは城一つ分となったのだ。

尾張、三河国境の敵勢力を片づけた信長は、その後で清洲へと戻った。

『信長、義元に勝利』との報が尾張周囲に轟くと、逃げ出していた商人たちは急いで清洲へ戻り、町は再び活気を取り戻していた。

日和見《ひよりみ》の商人たちも「勝つと信じていました」と言いながら、信長にお祝いの金品を次々と届けた。

一日ほど休んだ後、馬廻り衆で活躍した者は呼ばれ、それぞれの論功行賞が行われた。

「義元が首を取った毛利新介には、褒美として銭五十貫文をとらせる」

そう信長に言われた新介は額を畳に擦りつけた。

「はっ、はは」

「新介、今回の働きはまことに見事。今後は黒母衣衆《くろほろしゅう》に名を連ねよ」

その処遇に新介は大いに驚いた。

「ありがたき幸せ」

畳を見たまま大声で答えた。

馬が駆けると大きく膨らむ布が背後から矢を防ぐ母衣という防具がある。

黒母衣衆とは馬廻り衆から選抜される優秀な者で構成される集団で、その母衣の色が黒いことからその名がついている。

新介が黒母衣衆となれば毎月払われる銭も大幅に増える。

一度の戦いで新介は大きくその人生を変えた。

信長は最後に新介に聞いた。

「新介……今回の件、何か仕掛けがあったのか?」

と言われても新介にはとんと覚えがない。

そこで、何となく感じたことをそのまま口にした。

「理由は分かりませぬが八咫烏殿に救われました」

言っておきながら「しまった」と新介は思った。現実主義者の殿に、そんな神だか魔物のような話をしてしまったからだ。

(殿はこう言った話が好きではないはず……)

信長は新介の頭をじろじろと見ていたが、やがてふっと息を吐いた。

「……であるか」

新介の言葉に興味が失せた信長は「次の者を‼」と叫んだ。

ずりずりと後ろへ下がった新介が立って廊下へ出ると、右足をひきずりながら歩いてくる小兵太と目が合った。

二人はお互い肩をすくめて微笑み合う。

服部小兵太も今川義元に対する一番槍をつけた功績を評価され、多くの褒美をもらったのだった。


新介は金庫番から褒美の銭五十貫文を受け取ると馬に積み、城から家路へと向かう。

「おやや は喜んでくれるであろうな」

新介の顔は仕事を成し遂げた男であり、父の顔であった。

手綱を引きながら門を潜り、ゆっくりと堀にかかる橋を越えると、外には四朗が待っていた。

「これは四朗殿、こんな所でいかがなされた」

四朗はいつもの笑顔を見せる。

「実は娘さんのおやや殿より、八咫烏様への依頼を受けておりました」

「なんと、そういうことだったか……」

そこで四朗は今回の経緯について簡単に新介に話をした。それを聞いた新介は驚くと共に娘が女郎屋へとられたことに、その場に崩れ去った。

「おやや……おやや……なんてことを……おやや……」

新介は何度も娘の名前を呼び泣いた。

（おややのためにと頑張り、この報告を真っ先に聞いてもらいたかったものを……）

新介は絶望の淵へと落とされた。

家族のためと頑張ってきたことが、実は娘を追い込む結果になっていたとは考えもしなかった。

地面に跪き、後悔している娘の親に、四朗は無情にも押書を見せて借金の催促をする。

「おやや殿にお貸しした銭をお返し願います」

一瞬「人でなしか⁉」と新介は思うが、それは筋違いであった。これは家庭の問題であり、四朗は娘の願いを八咫烏に届けてくれ、あげく足りない銭まで工面してくれた恩人なのである。

新介は涙を袖にぐっと拭き、しっかりと立ち上がった。

「それは返さねばならないな」

新介は銭四十貫の入った箱を馬から下ろすと、がちゃりと四朗に渡した。

そして、改めて腰を折って丁寧に頭を下げた。

「娘の願いを叶えていただきかたじけなかった。本当にすまない。信長様からは多くの褒美も頂戴し、黒母衣衆にも名を連ねることになったのは、すべて四朗殿、あなたのお陰だ……」

新介は武士として、しっかりと礼を伝えた。

四朗は箱を開いて中身を改める。

「いえ、わたくしはただ八咫烏様にご依頼を伝えただけのこと」

そして、銭の束を数えて四十貫あったことを確かめた。前金でもらった八十貫に加えて四十貫を受け取り、四朗は都合百二十貫もの銭を括り付けることになった。

「では全額受け取りましたので、これで……」

四朗は押書の一の項にだけ黒い墨を縦に入れて続けた。

「本来であれば後の半金を受け取った時に押書は破棄されるのですが、おやや殿には『生涯二度と自分で女郎屋に入らぬこと』との誓約が残っておりますので、こちらは一生をかけて守っていただきます」

新介は神妙な顔をした。

「しかし、もうすでにおややは女郎屋にとられた身……そんな誓約がもう一度意味をなすかどうか」

そう言うのはもっともである。一度その身を売られてしまえば、その者が自由になることはほとんどない。

自由になる時は死んでしまった時か、歳をとって使えなくなってしまった時か。

いずれにせよ女郎屋に入れる価値があるうちは、もうどうにもならないのだ。

新介はこうなったことを深く後悔した。

「もっと、普段から全力で励んでおればよかった。であれば、おややをそんな目に合わせることもなかったろうに……」

その新介の答えに四朗はニコリと笑った。

「人生はたった一度でございます。そしてこんな世の中いつ死ぬのかも分かりません」

そこで言葉を止めた四朗はぐっと新介の目を見て続けた。

「明日死ぬつもりで今日を生きる。……私はそうありたいと常に思っております」


そして、いつものやさしい笑顔を見せた。

「あぁ、そうだな。何かを忘れておった。日々の安穏した生活で、自分はただ生き残ることばかりを考えていたが、人はいつか死ぬのだからもっと一所懸命生きぬとな……」

新介は新たな決意をするのだった。

それを見て頷いた四朗は、押書を折り畳むと小箱へとしまった。

そこで、新介は気になっていたことを聞いた。

「四朗殿、つかぬことを聞くが……八咫烏殿はどうやって雨の中、あの距離で種子島が撃てたのだ」

しかし、四朗は馬に積んだ箱にかけた縄の張り具合を見るだけで、

「それはわたくしにも分かりません。八咫烏様のされることですから」

と、笑いを浮かべたまま言った。

「そうか。本当に神か魔物のようだ……」

新介はそう呟いた。

荷物を見回った四朗は手綱を握った。

「では、毛利様。もう二度とお会いすることもないでしょう」

そう四朗は微笑んだ。

「……そうだろうな」

お互いに頭を下げた二人はそこで別れた。

馬には銭百二十貫も背負っていたが、軽快に町の通りを歩いていく。そして、川にかかる橋を渡って消えて行った。

「……八咫烏。はたして何者なのであろうか」

新介は考えてみたがさっぱり分からない。

四朗を見えなくなった所で、馬首を巡らせた新介の目に信じられないものが飛び込んできた。

「そっ、そんな馬鹿なっ」

新介に向かって走り込んで来たそれは、勢いよく胸に飛び込んだ。

た。

何かの幻かと思って娘の顔を上げさせると、それはまぎれもなく自分の娘おややであった。

（そんなっ……、おややは女郎屋に入ったはず……）

娘を新介は思いきり抱きしめると、自然と目からは涙があふれた。

「おやや――」

「父上様」


（きっと一日で女郎屋の暮らしが嫌になり、隙を見て逃げだしてきたのに違いない）

そう新介は思わざるを得なかった。しかし、それでは女郎屋と問題になってしまう。

一度そうしてしまったものは、少なくとも同じ額を出さない限り取り戻すことでできないのだ。

その間に女郎屋がおややにどんな辛い仕事をさせようと文句は言えないのが道理。それを自分で選んでしまったのだから……。

だったらちゃんと世の仕組みを話して女郎屋へ戻さねばならない。

新介は涙をぐっと手を吹き、しっかり抱きしめていたおややを少し離した。

「どっ、どうしてここへ。逃げ出して来たのか？」

すると、おややはにこりと笑う。

「違います。私は自分で女郎屋へ行ったのだからそんなことはしません」

どうも話の要領を得ない。

（ではどういうことなのか？）

「……だったら」

するど、おややは目を輝かせて叫んだ。

「四朗様が女郎屋の旦那様にお金を払って下さったのです」

「あっ、あの八咫烏の使者である四朗殿が⁉」

新介は思わず聞き返した。

「ええっ、ええっ。四朗様がすぐに私を買い取って下さって、それからは宿の部屋にいたのです」

「なんと、そうであったのか⁉」

新介は娘の肩に手を置きながら振り返り、四朗の去っていた方角を見つめるが、そこにはもう影も形もない。

ただ、いつもの騒がしい町があるだけだった。

「……そうであったか……四朗殿が……そうか……」

新介は涙を止めることができず、ただ頷くだけだった。

おややは家から持ち出した銭六十貫に加えて、女郎屋の者から銭二十貫を借りた。その銭に一貫文を足して四朗が銭二十一貫文払い、女郎屋から取り戻したのだった。

「すまぬ……四朗殿。この恩は一生忘れぬぞ」

新介はそう呟きながら心で固く誓った。

◇

四朗は清洲の町の出口で孫十三に追いついた。

「お待たせしました孫十三様」

孫十三は四朗のしていることは何となく分かっているが、それをとやかく言わない。

「借金は返してもらったのか」

「えぇ、毛利新介様は褒美をいただき、今度からは黒母衣衆になられるとか」

「あの程度の腕では、いずれ命を落とす」

正直、孫十三にとってはどうでもいい。

興味なさげに前を向くと、ゆっくりと馬を進め始めた。

「しかし、毛利様も娘が自分のために女郎屋へ入ったのは、かなり懲りておいでのようでした」

孫十三はふんっと鼻を鳴らす。

「駄目な奴はいつまでも駄目だ」

「今日は後悔していても、明日からの安穏とした生活によって、命懸けで働くことを忘れてしまうということですね」

「そうだ。何のために生れてきたかをすぐに忘れる」

すると四朗は孫十三を見てニコリと笑った。

「では、毛利様とおやや殿が、安穏と暮らせる世界が早く来るといいですね」

孫十三は機嫌を悪くした。

「俺は、別にあんな奴のために頑張っているのではない」

「すべてはカタリナ様のためですよね。分かっております、孫十三様」

四朗が微笑むと孫十三は面白くなさそうに、ふんっと前を向いた。


二人はゆっくりと街道を北へ進み、再び美濃を目指し始める。

清洲の町にはたくさんの人がいると言っても、半刻も歩くとすぐに山が迫ってきた。こういう場所までやってくると農民もおらず、街道には二人しかいない。

「そう言えば、新しい弾は三発作りましたのに、二発しか使われませんでしたね」

四朗は歩きながら孫十三に一発の早合を手渡した。

その早合は今までのものとは違っていて、少し先端部分が尖っている。

「本当なら一発で終わっていたのだ」

「毛利様の足が遅く、あのままでは横の者が今川様を刺してしまいそうでしたから、槍を折るためにもう一発使ってしまったのですね」

「そうだ。俺のせいではない」

不満げにそう言った孫十三の先にキジがぱたぱたと舞い降りるのが見えた。キジは遥か彼方の水路の脇を歩いている。

「距離は約二百五十間（約四百五十メートル）と言ったところでしょうか？」

四朗が目を細めてキジを見つめた。

「同じ魚で飽きた」

孫十三はするりと馬を下り、鞍の横に差していた八咫烏を取り出した。

布の中からは漆の台木に据えられた輝く銃身を持つ鉄炮が出てくる。早合の先端をいつものように歯で噛み切り、中に入っている火薬をさらりと銃口から入れ込んだ。

いつものようなここで弾丸を詰めこむのだが、その弾は今までのような丸い物ではなく、まるでしいの実かどんぐりのような形をしていた。

その先端は刀の刃のようにぎらりと光っている。

「この弾の名は」

太陽に当てるようにして孫十三はまじまじと見た。

「『乾坤一擲《けんこんいってき》』と申します。先端部は刀身と同じ鋼で作り、底は少し窪ませ、周囲を鉛で作ってございます」

「そういうことか……」

四朗が『乾坤一擲』と名付けた弾を摑んだ孫十三は、平らになった方を下に尖った方を上にし、大事そうにその銃口から入れる。

早合を使う孫十三はさく杖をいつもは使わない。だが、今回は銃身の下に入っている黒塗りのそれを取り出すと、床尾を地面に付け底まで入り込んだ弾をガンガンと強く叩いた。

孫十三は腰に吊っていた火縄に煙管から火を移すと、静かに八咫烏の火挟みに挟む。

そして、街道脇に腹ばいになると、黒い台木の先端から三本の脚《あし》を取り出した。

その脚を地面につけて孫十三は素早く腹ばいになって構えたのだ。

鉄炮は脚によって地面に沿うように支えられた。三本の脚のおかげで銃身はとても安定している。

これが鉄炮に『八咫烏』と命名した時に、四朗が思い付いて装備したものだった。

八咫烏の象徴である三本の脚を銃身に付けたのだった。

こうして撃つことで姿勢は極度に低くなり、敵から見つかる可能性が少なくなるのだ。

脚を地面に置き安定させて狙った孫十三は、元目当の間に前目当を移動させ、その向こう側にキジを捉えた。二百五十間先から気配などまったく感じることのないキジは、草の間にいる虫をついばんでいる。

孫十三は「はぁぁ」と息を吐き、ぐっと止めた。

そして、引き金にそっと触れる。

ズダ――――――ン。

それは桶狭間で聞いた銃声と同じだった。

白い煙の噴き出した銃口から渦を描きながら飛び出した弾は、音と共に空を飛んだ。体の中央を撃ち抜いた弾丸で、キジは絶命し倒れる。

孫十三は二百五十間離れた目標を、八咫烏で本当に撃ち抜いてしまったのだ。

これは偶然などではない。

狙って当てたのであり、弾さえあれば幾度でも同じことができる。孫十三は三本の脚を倒して台木にしまうと、体を起こして腹についた土をはらった。

「弾を回転させるから安定するのか」

孫十三はその乾坤一擲の威力に感心し、倒れたキジに向かって馬を引いて歩き始める。

「それは大したことではありません。わたくしはとてもしつこい質《たち》でして、使い終わった銃身を一挺一挺ひらいては中の様子を書き留めておりました。すると、同じように使い込んだ銃身でも命中率の高いものと低いものがある事に気付いたのでございます」

孫十三のすぐに後ろを四朗も手綱を持って続いた。

「その銃身にはこんな模様があったと？」

孫十三は銃口から見える螺旋《らせん》状の模様を見せた。

「そうでございます。命中率が高いものには流れるような筋が残っており、偶然できたその溝を通った弾は他のものと比べて、弾に回転がかかりとても狙いが安定するのでございます」

「よく分かったな」

そう言われた四朗は頰を赤らめた。

「それは私が知っていたことではございません」

「では、南蛮人か？」

「いえ、弓矢を作る職人が知っておりました」

孫十三は鉄炮を四朗に渡した。

「鉄炮を毛嫌いしている奴らがどうして？」

「彼らは弾を回転させると狙いが正確になるなどとは知りません。しかし、矢は最初の頃羽根が二枚でしたが、三枚とする事で軸が回転するようになり飛躍的に命中率を上げたと知っていたのです。それを鉄炮にも応用できないかと思ったもので……」

孫十三は感心して黙ったまま「ふむ」と頷いた。

「わたくしは皆が知っておりました事をまとめただけで、何か新しい思い付きをしたり、技術を作った訳ではないのです」

「それがこの乾坤一擲か」

「弾の底は鉛でできております。上からさく杖でその弾を叩きますと、鋼でできております先端部分は変形することなく、弱くなっている底の部分だけが潰れ、銃身の壁に向かって広がります」

四朗は両手を使って説明を続けた。

「その伸びた部分が螺旋状に彫ってある溝にしっかりと入り込み、弾は高速で回転しながら銃口から飛び出します。これで弾は飛躍的に命中率が上がるのでございます」

「すごいものだな」

四朗は孫十三に褒められて顔を赤くした。

「しかし、問題がございます」

「問題？」

鉄炮を布で拭きながら四朗は恥ずかしそうにした。

「その銃身に溝を作るにはヤスリを使うのでございますが、平らな鉄の内側に丸めながらその筋を刻んでいくのは並大抵のことではありません。ですので、生産数が極端に少なくなってしまうのです」

「それは問題ない」

意味の分からぬ四朗は聞き返す。

「どうしてでございます？」


「お前は俺のためにだけつくればよい」


孫十三は最高の笑顔を四朗だけに見せた。

「……孫十三様……」

四朗はまた泣きそうになっていた。

本当はもっと八咫烏について説明したり、孫十三に感謝を伝えたかったのだが、四朗ができたのは名前を呼ぶことだけだった。

だが、孫十三は四朗が何も言わぬともすべてを知っている。

それが分かり合えた友という存在なのだから……。

撃ったキジのところへやってきた孫十三は、足を持って逆さまにして持ち上げた。

「これはよいキジが手に入ったな」

四朗は薄らと目にあった涙を手で払い、

「はい、孫十三様。では、面倒ですので料理していただきましょう」

と、いつもの笑顔を見せた。

「こんな場所で料理してくれる者を誰か知っているのか？」

「一宮の向こうに、彦兵衛という大きな屋敷を構えた者がおります」

「あぁ、あの守銭奴か？」

孫十三はそういうが、きっと彦兵衛の方もそう思っているだろう。

「ええ、あの御仁は少し問題のある方ですが、これだけの銭を抱えて何度も山城へ戻るのも面倒でございますし、尾張での仕事のうちは何かと手伝わせてはいかがかと……」

四朗の馬の背には重そうな銭の箱がたくさん載せられていた。

「それもそうだな」

二人は顔を合わせると、

「姉上の理想実現のために……」

「ええ、カタリナ様のためになれば……」

と、頷き合った。

「今夜はキジ鍋だ」

布袋にしまった八咫烏を鞍に差した孫十三は、キジを縄で縛ると馬にすらりと跨った。

「はい、孫十三様」

二人は街道を北へ向かって足早に歩き出した。

その前途には晴れ渡る空が見え、その道は丘に向かってゆるやかに上へ続いていた。

この作品はフィクションです。
実在の人物・団体・事件などにはいっさい関係ありません。

【著者プロフィール】
豊田 巧（とよだ　たくみ）
元ゲーム会社の宣伝プロデューサー。数多くの電車運転ゲームを担当。電車を題材にした小説を中心に、アニメやマンガ原作など様々な分野で活躍中。
代表作には、『RAIL WARS! - 日本國有鉄道公安隊─』（創芸社クリア文庫）や『電車で行こう！シリーズ』（集英社みらい文庫）、『小説 宇宙戦艦ヤマト 2199』（マッグガーデン）などがある。

ヤタガラス

2015年1月22日　初刷発行

著　者 ──── **豊田 巧**
Ⓒ2014 Takumi Toyoda
イラスト ──── カズキヨネ
編集人 ──── 山本洋之
企画・制作 ──── 株式会社 グラウンドネット
編集協力 ──── 市森 むべ
発行人 ──── 吉木稔朗
発行所 ──── 株式会社 創芸社
〒150-0031 東京都渋谷区桜丘町2番9号 第1カスヤビル5F
電話：03-6416-5941　FAX：03-6416-5985
カバーデザイン ──── 株式会社 鳥子
印刷所 ──── 株式会社 エス・アイ・ピー

ISBN978-4-88144-202-9 C0093